北欧美少女のクラスメイトが、婚約者になったらデレデレの甘々になってしまった件について1

軽井広

BRAVENOVEL
ブレイブ文庫

JN131739

第一章　あなたの婚約者になりたい！

高校生の透《とおる》にとって、恋愛なんて他人事だった。

友達さえいない自分に彼女ができるなんて思えない。両親が不仲から離婚したせいで、恋愛に何の幻想も抱けない。

当然、自分が結婚するなんて、遠い未来のことでも、あるはずもないと思っていた。

ところが——。

「ねえ、連城《れんじょう》くん……」

目の前にいるクラスメイトの女子は、綺麗に澄んだ声で、透の名字を呼ぶ。

そして、彼女は青い宝石のような瞳で、恥ずかしそうに透を見つめた。

その女子生徒は、学校一と呼ばれるほど顔立ちの整った美少女だ。実際、一人を除けば、彼女ほど可愛い女子生徒を透は知らなかった。

その少女の前に立てば、国民的人気アイドルだって霞んでしまうだろう。

彼女の名前は、愛乃《あいの》・リュティという。

名前のとおり、外国——北欧の一国であるフィンランドの生まれだった。

髪は流れるような美しいブロンドで、瞳はサファイアのように美しい青色だった。ブレザーの制服が、彼女のために存在しているかのように似合っている。

そんな彼女は小柄だが、とても目立つ。フィンランドの大企業のお嬢様でもあり、クラスではいつも一人で本を読んでいるから、「孤高の女神」なんて呼ばれている。

そんな少女と、透は放課後の図書室で二人きりになっていた。

窓から射し込む夕日が、愛乃の金色の髪を美しく照らし出している。

周りに他に人はいない。もう時計はきっかり六時を指していて、みんな帰ったんだろう。

透は冷や汗をかいた。二人きりという状況だけでも緊張するけれど、愛乃の次の言葉が予想できたから、なおさらだった。

「わたしと結婚してほしいの！」

愛乃は青い瞳をきらきらと輝かせ、透に迫った。

第三者から見たら、まったく突拍子のない発言のように思えるけれど、透にとっては違った。

愛乃からこの言葉を告げられるのは、もう六度目だった。

そして、透の返事は決まっている。

「あのね、リュティさん。何度も言っているけれど、俺はまだ十六歳。日本の法律では、まだ結婚できないよ」

「だから、婚約者になってほしいと言っているんでしょう？」

愛乃は頬を赤く染め、そしていたずらっぽく微笑んだ。

これが愛ゆえの告白なら、透も喜べただろう。

しかし――。

「連城くんは形だけの婚約者になるだけ。それでいいの」

愛乃は、透にささやいた。まるで当然のことかのように。

どうしてこんなことになったのか。

透は頭痛に襲われ、そして、この孤高の女神と関わるようになったきっかけを思い出す。

それは数日前のことだった。

☆

透の通う講文館《こうぶんかん》高校は、名古屋市の東区にある。難関校の多いエリアで、講文館も中高一貫・共学の進学校だった。

名古屋で講文館に通っているといえば、ちょっとした自慢になる名門校である。

幼馴染の女の子と一緒に、講文館の中等部を受けて合格したときは、すべてが順調だと透も思った。

彼女は、小学校では一番の美人で、そして、それは中学でも同じだった。

そんな可愛い幼馴染がいて、とびきりの笑顔で「透と一緒の学校に通えて嬉しいな」と言ってくれる。

多くの男子生徒からしてみれば、羨ましい状況だったと思う。

でも、そんな夢のような状況は長くは続かなかった。

(俺は……自分のことが嫌いだ)

心のなかで、透はそうつぶやく。

どうやっても、現在の自分を好きになることはできなさそうだった。

高等部の一年になった今、透はごく普通の存在だ。

決して成績は悪くない。中の上にずっと位置している。

でも、それだけだ。他人に誇れるほどのことではない。

努力してもそれより上へは行けなかった。進学校のこの学校では、周りにはずっと優秀な人間がいる。

逆に、成績が良くなくても、人気者だったり、部活で活躍していたり……という人間もたくさんいた。

けれど、透には何の取り柄もなかった。部活もやめてしまった。

クラスメイトに対してはいつも卒なく愛想良く振る舞っている。でも、それは本当の自分ではない。

浮かないように、努力しているだけだ。

嫌われてはいないけれど、深い付き合いのある人間なんていない。

仲の良かった幼馴染の女子とも、中学生のときの事件をきっかけに疎遠になった。

近衛知香《このえともか》、というのが幼馴染の名前だ。定期試験の成績優秀者が貼り出されると、いつも知香の名前は一位で載っている。

この学校の定期試験は難易度も高いのに、ほぼ満点近くをとる化け物だ。

しかも、生徒会の役員にもなり、女子バスケ部のエースでもある。

透とは対照的な存在だ。

彼女はあまりに優秀すぎて、すっかり遠い存在になってしまった。

中学のときは、幼馴染の知香と、透はいつも比較された。透は、恥ずかしくて言えなかったけれど、知香のことが好きだったし、知香と釣り合うような人間になろうと努力した。

だが、どれほど頑張っても、知香の隣に立てるような人間にはなれない。

そんな残酷な真実を、透は嫌というほど思い知らされた。どこまでいっても、透は平凡だった。

それだけのことなら、まだ良かった。

以前ほど親しくはなくても、友人として関わり続けることもできたはずだ。

けれど、中学生のときの事件が、知香を傷つけた。そのとき、透は何の力にもなれなかった。

それどころか……逃げ出したのだ。

透は知香に大きな負い目を作り、知香は透に失望した。そのせいで、今では口を利くこともできない。

何より……透はそのことで、自分のことが大嫌いになった
「はぁ……」

ため息をついたら、乗っている地下鉄が名古屋駅についた。毎日、この中部地方最大のター

ミナル駅で国鉄に乗り換えて、家に帰ることになる。

高校一年生になったばかりの四月だが、中高一貫校なので、ほとんど生活に変化はない。

学校へ行って、毎日一人で帰る。それだけだ。

家に帰っても、透は一人だった。離婚した両親はどちらも家にいないから、一人暮らしだ。

以前は……他に家族と呼べる人もいたのだけれど、その人たちも、もう透のことを家族とは扱ってくれない。

とはいえ、透にも楽しみがないわけではない。

(本屋で新刊の本を買って帰ろう)

両親こそいないけれど、お金に困っていないことは救いだ。一応、透の母は、名古屋有数の大企業経営者一族の娘だった。

乗り換えの名古屋駅の駅前には、大型書店がいくつかある。そのうちの一つに透は入った。

推理小説でもライトノベルでも新書でも漫画でも、透は何でも読む。

そんなことより、勉強した方がいいのかもしれないけれど。

(どうせ、俺は……)

知香には追いつけない。頭の良いクラスメイトにも、かつて優秀だった父にも、遠く及ばない。

何の目標もない。進路希望調査はいつも白紙だ。

(なら、俺はこの先、どうやって自分を肯定していけばいいんだろう?)

透はぼんやり考えながら、本屋をぶらぶらと歩いた。

そして、文庫本のミステリの棚にたどり着く。

さすが駅前の大型書店だけあって、この書店は本の品揃えが良いけれど、一つ問題がある。

棚が高すぎて、背の低い人だと棚の上の本に手が届かない。

そういうときは、踏み台を持ってきて使うことになるわけだけれど……。

透は目の前の光景を見て、固まった。

棚の前に、クラスメイトがいる。

見間違えるはずもない。

金色の流れるような美しい髪、透き通るような白い肌。

横顔を見ただけでも、女優のように整った顔立ち。

クラスメイトの愛乃・リュティだ。

フィンランド系だという彼女は、名前が愛乃、姓がリュティということになる。

(リュティさんがどうしてこんなところに……)

小柄な愛乃は、踏み台の上に乗って、棚の上の本に手を伸ばそうとしている。ブレザーの制服を着ていて、透と同じで学校帰りなのだろう。

愛乃は有名人だ。誰もが振り返るような美少女で、しかも外国人。いつもツンと澄ました顔で、誰とも交流しない。

透とは中等部のときに同じクラスになったこともあるし、今も同級生なわけだけれど、性格も行動もあまり知らなかった。

少しだけ事務的な関わりを持ったことがあるかもしれない、という程度だ。

透は、見なかったことにしようと思った。

特に関わりたい相手でもない。もちろん、ごく普通の男子生徒である透にとっても、愛乃は魅力的な美少女だ。

けれど、お近づきになりたいかといえば、それは別問題だった。

誰も近づけない孤高の性格の愛乃に、あえて踏み込んでいくほど、透は他人に関心がない。

というより、勇気がなかった。なんとなく愛乃は男嫌いのような気もするし、関わろうとしても、拒絶されるのが目に見えている。

そうして嫌な思いをして、ますます自分が嫌いになることは、よくわかっている。

それに、愛乃はあまりにも有名人で、あまりにも目立つ美少女だ。

関わるのは荷が重い。幼馴染の知香が、透にとって重荷となったように。

回れ右をしようとしたとき、透は気づいた。

愛乃は必死な表情をして、つま先立ちで、背伸びしている。

教室での冷たい表情と違って、そこには人間らしい可憐さがあった。ほんの少しだけ、透は興味が湧いた。

いったい、何の本を手に取ろうとしているんだろう？

そこで足を止めたのが、運の尽きだった。

視線に気づいたのか、愛乃がこちらを振り向き、そして、「あっ」という顔をした。

そして、その拍子に愛乃が体のバランスを崩す。

もともと踏み台の上で、つま先立ちをして、手を伸ばす不安定な体勢だったわけで……。

姿勢を崩せば、あっという間に転落する。このままだと、踏み台から落下して、後頭部を床に強打することになるはずだ。

危ない、と思った瞬間、透は動いていた。

「きゃあっっ」

愛乃の甲高い悲鳴とほぼ同時に、透が愛乃を抱きとめる。

後ろに倒れ込んだ愛乃を、背後から抱きしめる格好になる。ふわりと愛乃の金色の髪が乱れて、透の手にかかった。女の子特有の甘い香りが鼻孔をくすぐり、透は内心でドキリとした。

動揺を抑えて、透は尋ねる。

「大丈夫？　リュティさん？」

「え、ええ……」

愛乃はこくこくとうなずき、そして、振り返り、青い瞳でじっと俺を見つめる。そして、首をかしげた。

「連城……くん？」

「そのとおり、そのとおり。クラスメイトの連城です。下の名前もわかる？」

透は思わず軽口を叩く。どうせ下の名前は覚えていないだろう、と思って聞いてみたのだ。

ところが、予想は外れた。

「透くん、だよね？」

愛乃は綺麗な声でそう言った。

下の名前を覚えていたのか、透は驚いた。そして、「透くん」と名前を呼ばれて、くすぐったい気持ちになる。

下の名前を呼ばれるなんて、かなり久しぶりだ。家族もいなければ、親しい友人もいないから。

幼馴染の知香も、今は透のことを名前では呼ばない。

自分は女の子を抱きしめている。たとえ、本屋の踏み台から落ちてきた女の子を助けたという経緯があっても、状況としては、女の子を背後から抱きしめていることに変わりはない。

急に、透はそのことを意識し始めた。

それは愛乃も同じようだった。愛乃は頬を赤くして、そして、透を睨む。

「……離してよ」

「ご、ごめん」

透は慌てて、愛乃から離れようとした。とはいえ、倒れてきた愛乃は、透に寄りかかるような体勢だから立っていられるという状態だ。

このままでは離れることもできない。

透は愛乃の体からそっと手を離し、そのうえで肩をぽんぽんと優しく叩いた。

それで愛乃も、状況に気づいたようだった。愛乃は恥ずかしそうに、上目遣いに透を見た。

透は肩をすくめて、微笑む。

「自分で立てる？」

愛乃はこくこくとうなずくと、体勢を整えて、ゆっくりと透から離れた。

そして、彼女はじっと透を見つめた。

青色の瞳は透明に澄んでいた。

警戒されているのだと思う。

ほとんど関わりのない男に抱きしめられていたわけで、嫌だという気持ちはよくわかる。

(けど、とっさに助けたのに、感謝されず、嫌悪の目で見られるとは、ついていないな)

そんな事を考えてから、自己嫌悪に陥る。

べつに感謝されたくて、助けたわけではない。

怪我がなくて良かったよ、なんて恩着せがましいことを言うつもりはない。

このまま立ち去るつもりだった。

ところが、愛乃は目を伏せると、まるで勇気を振り絞るように小さな声を出した。

「あ、あの……連城くん」

「なに？」

「わたしが倒れそうになっていたから、助けてくれたの？」

愛乃は綺麗な日本語で言う。彼女は子どもの頃から日本にいると噂で聞いたような気がする。

見た目や生まれはフィンランド系でも、日本語ネイティブなのだろう。

「まあ、うん」

透は曖昧にうなずいた。

仕方なくではあったけれど、意図としては愛乃を助けた。さすがに大怪我を負いそうになっている人間を放っておくわけにはいかなかったからだ。

愛乃はぱっと顔を明るくして、嬉しそうに目をきらきらと輝かせた。

（こんな表情もするんだ……）

透はちょっと驚いた。感情豊かな愛乃は、とても可憐で、愛らしく見えた。

いつもの無表情な愛乃は、金髪碧眼のフランス人形のような美少女ではあった。ただ、透にとってそれ以上でもそれ以下でもなかった。

だけど、今は生身の、同い年の少女として、透の目の前にいる。

愛乃の明るい表情の正確な意味は、透にもわからない。

けれど、透が自分を助けたということが、嬉しかったということらしい。

どうやら嫌われているわけではないのかもしれない。

とはいえ、愛乃はすぐに表情を変えて、頬を膨らませた。そして、ジト目で透を睨んでくる。

相変わらず、頬は赤いままだ。

「か、勘違いしないでよね。別に連城くんに助けてもらわなくても平気だったんだから」

「そうは思えないけれど」

思わず、透はそうつぶやく。あのままだったら、間違いなく転落事故になっていた。

単なる強がりだということに気づき、そして、否定する意味もなかったな、と透は思う。

この少女を不機嫌にさせる理由もないのだ。

ところが、愛乃は口をぱくぱくさせ、黙ってしまった。

そして、愛乃は手を組んでもじもじさせ、恥ずかしそうにうつむいている。

調子が狂う。

関わるつもりはなかったはずなのに。

頭の中で警戒音が鳴る。

これ以上、この少女と関わると、大変なことになりそうだ。根拠はないけれど、直感がそう告げている。

なのに、愛乃がちらりと本棚を見た時、透の口から出たのは、自分でも予想外の言葉だった。

「必要な本があったら、俺が取ろうか？」

「え？」

きょとんと、愛乃が首をかしげる。

「俺の身長なら踏み台を使えば、多分届くし」

透はそう言ってみた。

また愛乃が無理をして、同じようなことが起きたらまずい。

店員を呼ぶ手もあるけれど、透が取った方が早い。

心の中でそんな言い訳をする。

本当なら、さっさと立ち去るべきだ。

余計なお世話だと拒否されれば傷つくし、下心があると思われるのはもっと嫌だ。なら、どうしてこんな提案をしているのか。

透は自分でもわからなかった。

愛乃は、サファイアの宝石を思わせる美しい瞳で、透を見つめた。

小柄な彼女の表情は期待できらきらと輝いていた。

透は思わず優しく微笑んで、そして「どの本をとろうとしていたの？」と聞いた。

愛乃は棚の最上段を指差す。

「その……『ロング・グッドバイ』って本」

「チャンドラー？」

透が即答したので、愛乃はちょっと驚いたようだった。

チャンドラーは、アメリカのハードボイルド小説の作家。その代表作が『ロング・グッドバイ』。

「読んだこと……あるの？」

「まあね」

透はそれなりに読書家だから、ハードボイルドの名作ということで読んだのだ。読みやすい新訳も出ているし、分厚いけれど、面白くてすぐに読めてしまった。

「そうなんだ……」

愛乃は、なぜか嬉しそうに頬をほころばせる。透にとっては、愛乃がそういう本を読むのは、イメージと違った。

透は踏み台に登って、ちょっと手を伸ばし、軽々と青と白の表紙の文庫本を手に取った。

分厚くてずっしりとした質感だけど、文庫本だからすごく重いわけじゃない。

「どうぞ、リュティさん」

差し出された本を、愛乃はおずおずと受け取った。

そして、愛乃は「べ、別に……取ってほしかったわけじゃないわ」と照れ隠しのように早口で言う。

そんなに照れなくてもいいのに。

「なら、戻そうか」

透は冗談めかしてそう言うと、むうっと愛乃は頬を膨らませた。

「連城くんって意地悪ね」

「意地悪なのは、リュティさんだと思うけどなあ」

透は穏やかに言ったけれど、愛乃はびくっと震えた。

そして、大事そうに文庫本を胸に抱え、目を伏せる。

「そう……だよね。あ、ありがとう。本当は本を取ってほしかったの。それに倒れそうになっているところを……助けてくれて嬉しかった」

つっかえつっかえだったけれど、たしかに愛乃はお礼を言った。

勇気を振り絞って言う様子は、透の目から見ても可愛かった。

きっと感謝の言葉を言うのに慣れていないんだろう。意外と内気なタイプなのかもしれない。

でも、必要なときは、ためらいがあっても、素直に話すことができる。

短い時間だけれど、透は愛乃のことを少しだけ理解した。

愛乃はぼそりとつぶやく。

「強がりを言うのは……わたしの悪い癖」

「必ずしも悪い癖ではないと思うよ」

驚いたように、愛乃が青い目を見開く。

「そう？」

「自分を守るために必要なことならね」

愛乃は、クラスでも孤高の存在を貫き通している。

そして、よそよそしい態度をわざととり、助けも友人も必要ないという態度を続けている。

それにはきっとわけがあるのだろう。冷たい態度には裏がある。

(だけど、そこに立ち入るつもりはないんだよ)

無関係な他人が、無神経に踏み込んでいい領域ではないと思う。

透にだって、そういう面はある。表面的な付き合いをして、無気力な生活を送っていることを他人にとやかく言われたくない。

それに……。知香のときのような思いを、二度と味わいたくはない。

愛乃は、見るからに特別な存在だ。そういう人間と関われば、自分の平凡さを嫌というほど思い知らされる。

だから、透は早くその場を立ち去ろうと考えた。

けれど、愛乃は違ったようだ。愛乃は「自分を守るために必要なことなら」と透の言葉を、独り言のようにつぶやいた。

どうやら、その言葉を気に入ったらしい。

そして、愛乃はふふっと楽しそうに笑った。金色の髪がふわりと揺れる。

「連城くんは……優しいんだ」

「俺？　俺は優しくなんてないよ」

「優しくない人は、クラスメイトを抱きとめたり、踏み台に乗って本を取ってくれないよ」

「そんなことは誰でもやることだ」

「そうかな。でも、たとえそうだとしても、連城くんなら……」

そこで、愛乃は言葉を切り、透を観察するようにじっと見つめた。

その宝石のような美しい瞳は、純粋に澄んでいた。

（リュティさんは何を言おうとしたんだろう？）

言葉の続きが気になり、そして透ははっとする。

長居しすぎた。

もう透が愛乃にできることは何もない。柄にもないことをしたけれど、それももうおしまいだ。

なにか下心があって、親切をしたようにも思われたくない。

愛乃ほど目立つ美少女なら、そういう連中はたくさんいるだろう。

透は曖昧な笑みを浮かべて、片手を上げた。

「まあ、お役に立てて良かったよ。それじゃ、俺はこれで」

愛乃は、きょとんとした様子だった。

それから、慌てた表情になり、なにか小さくつぶやく。「待って」と言っていたように聞こえたけれど、それはあまりにも小さな声だった。

透はくるりと踵を返して、足早にその場を離れた。

そして本屋を出てから、透は気づく。

結局、目当ての本を買い忘れた。

ため息をついて、「まあ、いいか」と考え直す。明日でも明後日でも、本屋には寄ることができる。

透がするべきことは、平穏で退屈な日常へ戻ることだ。

(俺はリュティさんと関わるようなタイプの人間じゃない)

金髪碧眼の「孤高の女神」。ああいう輝くような特別な人間と関わると、ますます自分を嫌いになること間違いなしだ。

もう、愛乃と関わることもないだろう。

けれど、透は、愛乃という少女のことを理解していなかった。

まさか、この日を境に愛乃と毎日一緒にいることになるとは、予想もできなかった。

☆

愛乃と本屋で遭遇した翌日。

午前一時間目の英語の授業が終わり、短い十分間の放課（愛知県では休み時間のことをこう呼ぶ）となった。

透は小さくあくびをした。

（……眠い）

昨日の夜は録画していたアニメを見て、積読していた海外の推理小説を読んで……としていたら、つい夜ふかしをしてしまった。

寝たのは午前三時だから、完全に寝不足だ。

次の時間は世界史。

この学校は、進学校であると同時に、自由放任の校風が特徴だ。

つまり、厳しい教師以外の授業なら、授業中に居眠りをしていても、何も言われないことが多い。

世界史も居眠りしていてもおそらく何も言われない。けれど、透が唯一楽しみにしている授業でもあった。

もともと透は歴史が好きだったが、世界史の教師は雑談が圧倒的に面白かった。

ということで、眠るという選択肢はない。

けれど、休み時間のあいだは眠気がひどい。いつもなら、本でも読んで過ごすところなのだけれど、このままでは寝てしまいそうだ。

そのとき、背後からバシバシと背中を叩かれた。

「……痛い」

透が感想をつぶやくと、相手は透の目の前に回り込んだ。そして、「眠そうにしてたから」とからかうように言う。

その女子生徒は、猫のような瞳を細め、微笑んだ。

「おはよう、連城！」

「桜井《さくらい》さんは元気だね」

透は肩をすくめた。

目の前の少女は「そう？」と首をかしげ、ショートカットの綺麗な茶髪がふわりと揺れる。

彼女の名前は桜井《さくらい》明日夏《あすか》。透とはクラスメイトで、中等部以来の知り合い。それ以上でもそれ以下でもない。

明日夏はすらりとした美人で、明るい性格の人気者だった。

制服をおしゃれに着崩している。

少しギャルっぽい見た目に反して、成績は極めて優秀でいつも学年一桁前半だ。

おおよそ、非の打ち所のないタイプの人間だ。普通なら、透はこのタイプの人間にあまり近づかないようにしている。

そんな明日夏とときどき話すような仲になったきっかけは、透の幼馴染だった。

透は微笑んだ。

「ところで、今度の定期試験では近衛さんに勝てそう？」

「もちろん！」

ぶんぶんと手を振り回して、明日夏はガッツポーズを作った。

近衛さん、というのは、透の幼馴染の近衛知香だ。もう透は、知香のことを名前では呼ばない。

それはそれとして、明日夏は知香のことを目の敵《かたき》にしている。

というのも、明日夏はとても優秀な少女なのだけれど、いつも知香の下に甘んじていた。

中等部時代、成績は知香が学年一位、明日夏が学年二位ということが多かった。生徒会長選挙も、一騎打ちの上で、明日夏が敗れた。

他にも学年のテニス大会でも、決勝で負けていた。

すごく優秀だけれど、一歩だけ知香に及ばない。

それが桜井明日夏という子だった。

なので、明日夏は知香を勝手にライバル認定して、必ず勝つと固く決意しているようだった。

そこで、透の出番である。明日夏は、透が知香の幼馴染だと知り、知香に勝つために近づいてきた。

それが中等部三年のときだった。

ところが、残念なことにそのときには、透と知香はもう疎遠になっていた。

(だから、桜井さんからしてみれば、俺は役立たずだったと思うんだけどね)

ところが、それ以来、縁が続いているから不思議なものだと思う。

とはいえ、時々話すクラスメイト以上でも以下でもないのだけれど、たまに他の男子生徒から羨ましがられることがある。

明日夏も知香と並ぶほどの美少女だ。しかも知香と違って親しみやすいフレンドリーな性格をしているから、かなりモテると思う。

本人はあまり色恋沙汰に興味がないようで、透の知っている範囲の明日夏は、「打倒近衛知香！」に燃える愉快な少女でしかない。

そして、そういう明日夏のことを、透は嫌いではなかった。

透は、知香の隣に立つのにふさわしい人間になろうとかつて思っていた。そして、とっくの昔に挫折した。

でも、明日夏は諦めずにチャレンジを続けている。たとえどれほど負け続けても。

そういうところが、透にとってはまぶしかったし、羨ましかった。

明日夏がひそひそ話をするように、透の耳に顔を近づける。

女の子特有の甘い香りがして、透は一瞬ドキリとする。

（また他の男子生徒から嫉妬されるな……）

透は心の中で苦笑した。

そんな透の心中になんて、明日夏は気づいていないだろう。

「ねえ、あの知香の弱点、なにかないの？　一発で倒せちゃうような致命的な弱点とかさ」

「たとえば？」

「蛇がすごく苦手で、見せただけで失神するとか？」

「そういう話は聞いたことがないなあ」

あの知香に限って、そういうわかりやすい弱点はない。

透は、幼い頃から知香のことをずっと知っているし、そして知香が完璧超人だとわかっていた。

……その知香をしても、どうしようもないことがあったけれど、でも、それは弱点とは違う。

それに、仮に知香に弱点があったとしても、無意味だと思う。

「桜井さんは、近衛さんの弱点をついて勝つようなやり方では、満足できないんじゃない？」

そういう卑怯なやり方で勝つことを、明日夏は良しとはしないだろう。自分の力で知香に勝ってこそ、意味がある。

そう考えているはずだ。

浅い付き合いとは言え、そのぐらいは、透も明日夏のことを理解していた。

明日夏は透の言葉にきょとんとした顔をした。それから少し頬を赤くして、嬉しそうに微笑む。

「そうね。よく分かっているじゃない。あたし、連城のそういうところ好きだよ」

「からかわないでほしいなあ」

「からかっているわけじゃないんだけれどね」

明日夏はくすくすっと笑って、そう言った。

明日夏は上機嫌な表情で、透の目を覗き込んだ。

大きな瞳がいたずらっぽく輝く。

「まあ見てなさい。今度の定期試験こそ、あたしが近衛知香を正々堂々とコテンパンにやっつけてみせるんだから！　そして、高等部の生徒会長の座はあたしの手に落ちるの！」

「言い方が悪役っぽいね」

「失礼な。悪役は近衛知香、あたしが正義の味方なんだから！」

透は思わずくすっと笑った。

「近衛さんは何も悪いことをしていないよ」

「でも、あの『私は完璧超人でございい』っていう澄ました顔が、悪役っぽくない？」

「ああ、まあ、そうかもね」

知香は中学生になってから、ドライになった。知香は誰に対しても優しいけれど、そういう冷めた態度が、反感を買うこともある。

けれど、幼かった頃は違ったのだ。知香はころころと表情が変わり、いつも楽しそうにしていた。

知香を変えた原因の一つは、透にある。でも、そんなことは、明日夏が知るはずもないことだ。

「それに……」

明日夏は腕を組み、じっと透を見つめる。

「それに？」

透が問い返すと、明日夏は目を伏せ、小声で言う。

「こんな良い幼馴染がいるのに、大事にしないような知香は、悪い奴だと思うから」

「良い幼馴染って、俺のこと？」

透は驚いて、自分を指差した。明日夏はこくりとうなずいた。

一応、透と知香が疎遠になったことは、明日夏は知っている。けれど、その経緯をきちんと説明したことはなかったし、説明することもできなかった。

だから、明日夏の目からすれば、優秀な知香が一方的に透のことを見限ったように映るのかもしれない。

でも、それは事実とは違う。

（俺が知香と仲が悪くなったのは、俺自身のせいなんだ）

「ええと、ありがとう。でもね、桜井さん……」

どう説明したものかと迷っているうちに、明日夏は顔を赤くして、「今のは忘れて」とつぶやいた。

「ともかく、あたしは知香に一泡吹かせないと気が済まないの。あのツンと澄ました顔を、悔し涙で歪ませてあげるんだから！」

「やっぱり、桜井さんが悪役っぽいなあ」

透の言葉に、明日夏が頬を膨らませる。

「あたしと近衛知香と、連城はどっちの味方なわけ？」

「俺は桜井さんを応援しているよ」

透はためらわずに答えた。

何度挑戦しても勝てない絶対的な強者に、果敢に挑む。そういう明日夏の姿勢が、透は好きだった。

自分もそうであることができたら、どれほど良かっただろう。

「そっか。ありがと。じゃあ、連城のためにも知香に勝たないとね」

明日夏は満足そうに笑顔を浮かべた。

そのとき、遠くから視線を感じた。振り返ると、教室の廊下側の席から、強い意思のこもった瞳が、透たちを睨みつけていた。

透と明日夏を睨んでいたのは、愛乃だった。青いサファイアのような美しい瞳は、明らかにこちらに向けられている。

そして、その端整な顔には、とても不機嫌そうな表情が浮かんでいる。教室での、いつもの無機質な表情とはだいぶ違う。

ただ、透と視線がぶつかると、すぐに愛乃は白い頬を紅潮させて、目をそらしてしまった。

明日夏も、愛乃の不審な行動には気づいていたようだった。

「連城さ、リュティさんになにかした？」

「何もしていないよ。俺みたいな平凡な人間が、リュティさんと縁があると思う？」

昨日、本屋でばったり会ったことは、黙っておく。透としては、明日夏に隠し事をするつもりはない。

ただ、愛乃にとってみれば、秘密にしておいてほしいことかもしれない。本を取ろうとして、踏み台の上から落っこちそうになり助けてもらった……なんて経緯だから、恥ずかしいと思っている可能性もある。

けれど、明日夏は疑わしそうに目を細めた。

「でも、あの子……朝からずっと、ちらちらと連城を見てるよ」

「そうなの？」

それは気づかなかった。

やっぱり昨日の一件のせいだろうか。

明日夏がジト目で透を見る。

「絶対、なにかあったでしょう？」

「理由もなく睨まれているという可能性は？」

「それはないでしょ。あの孤高の女神様が、こんなふうに他人のことを気にしてるなんて、珍しいし」

たしかに、それはそうだ。

愛乃はとにかく目立つ。金髪碧眼の北欧系の美少女となれば、教室で注目されて当然だ。

そして、いつも澄ました顔で、一人で本を読んでいる。クールという意味では知香と同じだけれど、いつもたくさんの友人がいる知香と違って、愛乃は誰にも興味を持たない。

いつも一人だ。

その愛乃が透に興味を持っているとなれば、明日夏が不思議に思うのも無理はない。というより、他のクラスメイトもこちらの様子をちらちらと見ている気がする。

(なるべく目立ちたくないのに、困ったな……)

平穏で、面倒を避けて日々を過ごすのが透のモットーだ。あの特別な金髪碧眼の女神様に巻き込まれる形で、注目の的になるのは避けたい。

そう考えながら、ぼんやりと愛乃の方を見ていたら、明日夏に肩を叩かれた。

そして、明日夏はいくらか不満そうな顔で言う。

「リュティさんは超絶美少女だものね。あたしとかとは違って」

明日夏も十分すぎるほど美少女だと透は思ったが、口には出さないでおく。

代わりに透は言う。

「別に俺はリュティさんには興味ないよ」

「本当に？　あんなに可愛いのに？　アイドルみたいに綺麗な顔しているし、小柄だけど意外とスタイルも良いし」

「まあ、そうだけどね」

「ともかく、あの神秘的な容姿だから、人気があるのも当然よね。もしかしたら外見だけだったら、近衛知香もあの子にだけは勝てないかも。」

「まあ、フィンランド系の女子生徒は珍しいだろうから」

「一部の男子は、女神フレイヤなんて呼んでるらしいよ」

明日夏のつぶやきに、透は首をかしげる。

「フレイヤ？」

「知らない？　北欧神話の愛と黄金の女神様。名前と髪の色にぴったりのあだ名だと思うけど。リュティさんはフィンランド人で、フィンランドは北欧なわけだし」

「いや、女神フレイヤは知ってるけど、北欧神話はフィンランドの神話じゃないよ」

「え？　そうなの？」

「たしか『カレワラ』っていう叙事詩があって、それがフィンランドの古い神話ってことになっているはず」

透はなにかの本で読んだ知識を思い出した。

北欧の中でも、フィンランドは、スウェーデンやノルウェーとは別の古い伝承を持つらしい。フィンランドの神様の名前を知っているわけではないけれど、少なくとも女神フレイヤはフィンランドとは無関係のはず。

だから、フィンランド人だという愛乃を、フレイヤにたとえるのはおかしな話だ。

「連城って、変わったことをいろいろ知っているよね」

明日夏が感心したような声で言う。

透は肩をすくめ、「大したことじゃないよ」と当たり障りのない答を返した。

放課も残り少ないし、あと少しのあいだ愛乃から話題をそらしておけば安心だ。

けれど、そう思った透の考えは甘かった。

周囲がざわついていることに、透は気づいた。

目の前の明日夏も、透の背後を見て、いつのまにか固まっている。

おそるおそる、透が後ろを振り向くと、そこにはとても小柄な女の子が立っていて、青い瞳で透を見下ろしていた。

そして、頬を赤くして、ささやくように言う。

「連城くん……今日のお昼休みに話したいことがあるの。い、一緒に、ご飯、食べない？」

教室が、波を打ったようにシーンと静まり返った。

あの愛乃・リュティが、透に対して、昼食を一緒に食べないかと提案している。

愛乃といえば、孤高の存在で、教室はいつも一人でいたし、男子はもちろん女子とも仲良くご飯を食べている姿なんて見たことはない。

それが、唐突に、目立たないクラスメイトの男子に「一緒に、ご飯食べない？」と誘えば、注目を集めて当然だ。

目の前の愛乃は、ぷるぷると震えて、頬を赤くしている。

(こ、これは困った……)

どういう風の吹き回しなのかわからないけれど、ともかく目の前の愛乃が突拍子もない行動に出たことはたしかだ。

おかげで、かつてないほど透は注目を集めてしまっている。

ただでさえ、明日夏と話していたことで、男子から睨まれていたのに、そこに愛乃も加わって、今や針のむしろと化しているような気さえする。

「だ、ダメ？」

上目遣いに愛乃が言う。その青い綺麗な瞳に、思わず引き込まれそうになり、はっとする。

透の頭の中で、警報音が鳴った。

ここで選択に失敗すると大変なことになりそうだ。

どう答えたものか、と判断に迷っていると、その隙に横から明日夏が口をはさむ。

「リュティさんって、連城と仲が良かったんだ？」

愛乃は困ったように、小さな手を組んでもじもじさせる。

「そういうわけじゃないけれど、昨日、連城くんに助けてもらったから」

まった。


「助けた？」

オウム返しに明日夏は言い、それから、透を睨んだ。

良かれと思って、昨日、透が愛乃を本屋で助けたことは黙っていた。それが裏目に出てしまった。

透は冷や汗をかき、そして観念した。

「本屋でリュティさんに会ってね。棚の本を取るのに協力しただけだよ」

「……リュティさんと何もなかったって言ったのに、あたしに嘘をついたんだ」

明日夏が頬を膨らませて、透をジト目で睨む。結果的に、嘘をついたのは事実だ。

透は明日夏に手を合わせた。

「ごめん。大したことじゃなかったし、リュティさんの許可なくペラペラ喋るのも良くないかと思ったんだよ」

「それなら……仕方ないかもだけど……」

明日夏は歯切れ悪くそう言った。ただ、ともかく明日夏の怒りが和らいだのはたしかだ。

透はほっとした。

ところが、そこに愛乃が爆弾を落とし込む。

「連城くんには、本を取ってもらっただけじゃないの。踏み台から落ちそうになったわたしを抱きとめてもらったの」

「へえ、連城が抱きとめた……」

はにかんだように言う愛乃に対し、明日夏が小さくつぶやく。

周囲がざわつく。

事態は解決とは逆方向に向かっていて、ますます注目を集めている。

「それでね、連城くんにお礼がしたいなって思ったの」

「お礼だなんて、べつにいいよ。そんな大したことしていないし」

透は柔らかい口調で、そう言ってみる。

意外と内気な愛乃なら、これで引き下がってくれるかもしれない。

ところが、予想は外れた。

「連城くんは良くても、わたしの気が済まないの。お昼ごはん、学食の一番高いのを奢るから」

愛乃は、綺麗な声で言い切った。

さて、どうしようか？　愛乃の意思は固いようだ。

とはいえ、先約があるといえば、さすがの愛乃も引き下がるだろう。

実際には誰かとお昼を食べる予定なんてないけれど、嘘も方便という。

愛乃みたいな特別な美少女と関わっても良いことはない。断ってしまうのが、賢い選択だ。

けれど……。

透は目の前の愛乃を見る。愛乃は不安そうに、透を見つめ返した。愛乃の細い足は、小さく震えている。

きっと透を誘うのに、勇気を振り絞ったんだろう。孤高の女神は、実際には気弱で内気で、人付き合いの下手な女の子なのかもしれない。

そう思ったとき、嘘で愛乃の誘いを断るのは……間違ったことだと透は思った。

たしかに、今の透は無気力だ。自分に自信はないし、平穏な日常を望み、面倒事を避けたい。けれど、ここで嘘をついて、愛乃を拒絶すれば、もっと自分のことを嫌いになる。

そんな気がした。

「学食を奢ってもらうほどのことはしていないけど、じゃあ、食後のコーヒーでも自販機で買ってもらおうかな」

「一緒にご飯行ってくれるの？」

きらきらと目を輝かせ、愛乃が言う。

不覚にもどきりとする。

可愛い少女が、そんな嬉しそうな顔をするのは反則だ。破壊力が高い。

透は目をそらし、「まあね」とつぶやいて、うなずいた。

(大丈夫……のはずだ)

これはただの昨日の礼にすぎない。これをきっかけに、愛乃と深く関わることはないはずだ。

人慣れしていて対人スキルの高そうな明日夏と違って、愛乃はどこか危うい印象を受ける。

それが愛乃を神秘的な孤高の女神としているのだろうけれど、透にとっては不安材料だった。

愛乃と深く関わることで、彼女を傷つけ、自分に失望するかもしれない。考えすぎかもしれないが、そんな事態が起きることを透は恐れていた。

幼馴染の知香のときのように。

「良かった」

愛乃は、そうつぶやいて微笑んだ。

それから、少し顔を赤くする。

「べつに、連城くんとご飯を一緒に食べたかったわけじゃなくて、これはただのお礼なんだからね？」

「わかっているよ」

「嬉しくなんて、全然ないんだから」

そう言いながらも、愛乃は恥ずかしそうに目を伏せた。

愛乃の本音が、言葉とは裏腹だと透も気づいていた。ツンデレというのかもしれない。

どういうわけか、透は愛乃に気に入られたようだけれど、それは、昨日のことだけが理由なんだろうか。

あるいは、他にもなにか理由があるんだろうか。

透は考えたけれど、これまで愛乃と話したことは数えるほどしかないはずだった。

ふと顔を上げると、明日夏がご機嫌斜めという顔で、透を睨んでいる。

「リュティさんは嬉しくなくても、連城にとっては嬉しいでしょう？　こんな可愛い子とご飯を一緒に食べられるんだから」

「たいていの男子なら、たしかに喜ぶだろうね」

「連城も『たいていの男子』の一人でしょう？」

「そうだね。そのとおりだ」

否定する方がかえって面倒なことになる。透は苦笑いしてうなずいた。

明日夏は「ふーん」とジト目で透を見たが、対照的に、愛乃は嬉しそうだった。

「そっか。連城くんは……嬉しいんだ」

弾むような声で愛乃はそう言う。そして、サファイアのような瞳を輝かせ、透を見つめた。

思えば、これが分水嶺だったと透は思う。このとき、愛乃を拒絶していれば、その後の状況は変わっていただろう。

少なくとも、愛乃・リュティの婚約者になるなんていう不測の事態は起きなかったはずだ。

☆

透たちの通う講文館は、自由の校風を売りにした進学校だ。だから、昼休みも郊外に出て、コンビニでパンを買ってくることもできるし、飲食店でご飯を食べることもできる。

一方で、それなりに豪華な学食もあったし、いつも購買にも列が出来ている。一学年五〇〇人の生徒がいて、中高六学年あわせて合計三〇〇〇人の生徒がいるからだ。

というわけで、愛乃と一緒に昼食に行くとしても、学食に行くという選択肢以外に、外に食べに行くこともできる。

愛乃は学食の一番高いメニューを奢ると言っていたけれど、奢ってもらうつもりはないので、学食にこだわる必要はない
ちなみに透は弁当なんて持参していない。作ってくれる人なんていないないし、自分で一人分の弁当を作る気にもならないからだ。

弁当を持ってきていないのは、愛乃も同じだった。

「ということで、リュティさんはどっちがいい？　外に食べに行くか、学食に行くか」

「連城くんの好きな方でいいよ」

愛乃はそう言って、ちょこんと首をかしげた。流れるような金色の髪がふわりと揺れる。

いちいち仕草が可愛らしいなあ、と思わず立ち止まりそうになり、透は我に返る。

今は昼休み。透たち二人は教室の前の廊下にいる。これからお昼を食べに行くわけだ
ともかく愛乃は目立つので、立ち止まれば、注目の的となってしまう。

勢い早足になってしまってから、透は気づいた。愛乃が透の後ろをついて来るのに必死そうだ。

透は男子としては平均的な身長だけれど、愛乃は女子のなかでも小柄な方だ。だから、透が早足で歩けば、当然ついてこれなくなる。

自分の気の利かなさを呪い、透はペースを落とす。愛乃もそれに気づいたのか、くすっと笑った。

「べつに気をつかってくれなくても、わたしは平気だったのに」

「無理しなくていいよ」

「わたしは無理していないよ？」

「リュティさんが平気で無理をしていないとしても、俺が気になるからね」

「ふうん」

ゆっくり歩く透の横顔を、愛乃が少し嬉しそうに、じーっと見つめていた。

くすぐったい気分になる。

透は、愛乃が美少女だから気をつかっているというわけではない。単に、無神経に他人を自分の都合に合わせるのが嫌いなだけだ。

想像力が欠けているというのは、恥ずかしいことだと思う。「想像力」といっても大それた話ではない。

愛乃の立場に立って考えれば、透が歩調を合わせなければ、困るのは自明の理だということだ。

そういう視点から見ると、外に食べに行くと、学食に行くのと、どちらが愛乃と……自分のためになるだろう？

学食へ一緒に行けば、他の生徒に騒がれたり、じろじろ見られたりするかもしれない。

けれど、外に食べに行けば、もっと噂になって勘ぐられることになるかもしれない。

（なんか、デートみたいに思われるのも困るだろうし……）

そう考えると、学食で一緒にさくっとご飯を食べてしまったほうが良さそうだ。

透の中でそう結論が出た。それが愛乃を困った立場に置かないことにもつながると思う。

「じゃあ、学食に行こう」

透がそう言うと、愛乃は素直にうなずいた。

愛乃は無口で、透のあとを静かについてくる。

愛乃が教室でも誰とも話さないのは、孤高を気取り、周囲に冷たい態度をとっているからだと思っている人も多い。

実際、透も、特別な存在である愛乃にとって、周囲のクラスメイトなんて、関心の対象とならないのだと思っていた。

ただ、今では、透は愛乃に少し違った見方を持っている。

「リュティさんってさ、意外と……」

「意外と？」

「引っ込み思案だったりする？」

透の言葉に、愛乃はみるみる顔を赤くした。

そして、透を青い瞳で睨みつける。

「わ、わたしは内気で気弱で臆病な、素直になれない小心者なんかじゃない！」

「誰もそこまで言ってないよ……」

必死な愛乃に、透はびっくりする。愛乃もはっとした様子で、口を手で押さえ、それからさらに耳まで顔を赤くする。

「わ、わたしを……罠にかけたのね！」

「今のは自爆じゃない？」

「そ、そうかもだけど……」

ううっ、と愛乃はつぶやき、ほとんど涙目になっていた。

ともかく、透は、愛乃が本当は内気な少女だと確信した。

強がりで冷たい態度をとっているだけで、本当は気弱なのだということも。

とはいえ、透はそれを悪いことだと言いたいわけではなかった。ちょっと直球で聞きすぎたかとも反省する。

愛乃が気を悪くしてもおかしくない。

透としては愛乃に嫌われても困らない（むしろ距離を置きたい）けれど、愛乃を傷つけるのは本意ではない。

「俺も引っ込み思案な方だから。それに俺の方が、愛乃さんより、ずっと臆病者だよ」

これは、単なる愛乃に対するフォローではなく、本心だった。

透は人付き合いが苦手だ。愛乃と違って、表面上、卒なくクラスメイトと付き合うことはできる。けれど、本質的には内気で、他人に自分の本音を明かさない。

それが自分の良くないところだと透は思っていた。そして、それを変えることができないのも、よく知っている。

そして、透は臆病者だった。幼馴染の知香を失ったのも、そのせいだ。

愛乃は不思議そうに透を見つめる。

「そうなの？」

「そうそう。俺は内気で気弱で臆病な、素直になれない小心者だよ。たぶん、リュティさんより、ずっと引っ込み思案だから」

透の言葉に、愛乃はくすっと笑った。機嫌を直してくれたみたいだ。

「つまり……わたしたち、似た者同士なんだ」

愛乃は小さく、けれど嬉しそうにつぶやいた。

愛乃は似た者同士と言ったけれど、その発想はなかった。平凡な透と、特別な愛乃が、似ているなんて考えたこともない。

「似た者同士ではないと思うけどな。俺には良いところはないし、リュティさんみたいに特別じゃないよ」

「わたしが特別？」

「知ってる？　リュティさんって、女神フレイヤなんて呼ばれているらしいけど」

「そ、そうなの？」

愛乃はびっくりした表情で、目を丸くした。

本人の知らないところで使われているあだ名らしい。

「まあ、フレイヤはフィンランドの神様ではないと思うけど」

「えっと、そうだよね。それに……」

愛乃は、サファイアのような瞳を輝かせ、透をじっと見つめた。

「わたしは女神様なんかじゃなくて、連城くんと同じ普通の人間だよ」

愛乃はそう言って、楽しそうにくすっと笑った。

不覚にもその表情にどきっとさせられる。楽しそうな愛乃の表情を見ることは、これまでほとんどなかった。

でも、教室での愛乃は仮の姿で、透はきっと愛乃のことを何も知らないのだ。

気がついたら、学食の券売機の前についていた。人はあまり並んでいない。

くるりと愛乃がこちらを振り向き、金色の髪がふわりと揺れる。そして、手を後ろに組み、上目遣いに透を見た。

「どれを注文する？」

「じゃあ、俺はA定食に……」

「それなら、わたしも同じのを頼もうかな」

愛乃は微笑みながらそうつぶやき、それから慌てた表情になる。

「べつに連城くんとお揃いにしたいわけじゃないからね？」

「えっと、うん……」

話の流れからすると、明らかに愛乃は透と同じメニューを注文しようとしていたと思う。

それがどうしてかはわからないけれど。

思ったよりも、透は自然に振る舞えていた。

学年で一番か二番かの美少女と一緒だなんて、緊張するかと思っていたけれど、そうでもない。

それはおそらく愛乃も同じで、普段は一人で無表情なのに、透の前では表情豊かだった。

セルフサービスなので、食券を買った後、注文した品をカウンターの前で待つことになる。

その間も、愛乃は楽しそうに、昨日買った本のことを話してくれていた。透も読んでいる本なので、共通の話題もある。

似た者同士、という愛乃の言葉が、頭の中に蘇った。

思わず、透は愛乃をじっと見つめた。

視線に気づいたのか、愛乃は頬を赤く染める。

「な、なにかわたしの顔についてる？」

「いや、そうじゃないよ」

透は急いで否定した。見とれていたとは、とても口にはできない。

ころころと表情の変わる愛乃は、普段の印象とは全然違った。

それは……昔の知香を——幼馴染の近衛知香を思い出させた。知香も、こんなふうに良く笑う女の子だった。

でも、知香はもう透の隣にいない。ある事件をきっかけに、知香と透の仲は引き裂かれた。

愛乃に深く関われば、また知香のときと同じように傷つくのではないか。

透はそれを怖れていた。

（でも……）

愛乃という存在は、透にとっては抗いがたい魅力があった。平凡で卑屈な透と違って、愛乃は美しく優秀な少女だ。

その特別さが透にはまぶしかった。

注文した品がトレイに乗って出されたことで、思考は中断された。

学食の食堂は大きな広間のようになっていて、たくさんのテーブルが並んでいる。

そのなかのなるべく隅の方に、二人は向かい合って席をとることにする。

水はセルフサービスなので、透は二人分取ってこようと思った。そのとき、透は向こうからやってくる人影に気づいて、硬直する。

それは一人の女子生徒だった。

強い存在感を放っていて、彼女の周りだけ、別の空間になったかのようなオーラすらある。

艶やかな黒髪を長く伸ばしていて、すらりとした長身の美人だ。

冷たく感じさせるほど綺麗な顔立ちに、抜群のスタイルの良さを誇る。

その意思の強そうな黒い瞳が、こちらに向けられたとき、透は身がすくむのを感じた。

透は彼女のことをよく知っている。そして、彼女は……透がこの世で最も苦手とする人間だった。

「あら、連城くん。女の子と二人なんて珍しいわね」

その少女——透の幼馴染の近衛知香は、にっこりと笑って、そう言った。

周りには完璧な笑みに見えただろう。

けれど、透は……知香の目が笑っていないことに気づいていた。

「そういう近衛さんこそ一人？」

「たまたまね。あなたみたいにいつも一人さびしく生きているわけじゃないの」

「悪かったね」

透は静かにそう言い返す。

だが、内心では面倒なことになったと思っていた。こういうときに、一番会いたくない人間に会ってしまった。

愛乃は、透と知香の顔を見比べる。愛乃にも、知香が透に負の感情を向けているのがわかっただろう。

知香は愉快そうに、黒い目を細める。

そして、愛乃を品定めするように見る。

「あなたは……連城くんの彼女さん？」

愛乃は警戒するように、知香を見つめ返していた。

知香も愛乃も有名人だ。たぶん、名前と顔が一致する程度には、お互いのことを知っているだろう。

「そうだとしたら？」

愛乃はそう問い返した。

(ひ、否定してくれればいいのに……)

もちろん、愛乃は透の彼女ではない。

それなのに、どうして半ば肯定するかのような返事をしたのか。

愛乃の考えが、透にはわからなかった。ただ、愛乃の答えは、知香を不機嫌にさせるのに十分だったと思う。

知香の端整な顔がかすかに歪んでいる。幼馴染の透にだけわかる感情の変化だ。

透に恋人がいるとなれば、知香にとっては愉快ではない理由がある。

知香はにっこりと満面の笑みを浮かべた。

「連城くんみたいなダメ人間と付き合うのはお勧めしないわ」

「れ、連城くんのことを悪く言わないで。あなたには……関係のないことでしょう?」

ラスボスめいた知香の雰囲気に、愛乃は気圧されていたけれど、それでも、知香に言い返す。

へえ、と知香がつぶやく。

(まずいなあ……)

透は慌てて知香を止めようとした。学校では秘密にしていることを、知香がバラす可能性がある。

だが、遅かった。

知香はいたずらっぽく瞳を輝かせる。

「関係あるわ」

「どうして？　ただの幼馴染でしょう？」

「いいえ。だって、私は……連城くんの元婚約者だもの」

知香は歌うような綺麗なトーンでそう言って、そして愉快そうに笑った。

「も、元婚約者？　近衛さんが、連城くんの婚約者だったの？」

愛乃はびっくりした様子で、大きく青い目を見開いて、知香の言葉を繰り返した。

驚く気持ちは透にもよく分かる。

しかし、声が大きい。

これは秘密中の秘密だった。周りに聞かれるとまずい。

きょろきょろと透は周囲を見たが、幸い昼休みの食堂は騒然としている。

愛乃の声が聞こえるほどの近くには、他の生徒はいなかった。

愛乃は金髪碧眼の小柄な美少女で、知香は黒髪の清楚ですらりとした美人。

どちらも学校全体でも五本の指に入るぐらい容姿端麗だから、注目の的にはなっているけれど、他の生徒は遠巻きに眺めているだけだ。

透はほっとして、それから知香を睨む。

「近衛さん……約束違反だ。学校では、昔のことは秘密のはずだよ」

「あら、別にいいじゃない。家の事情で、私とあなたが婚約者だったのは事実。思い出したくもないことだけれどね」

知香の言葉は、透の心をえぐった。知香にとっては、透と婚約者だったのは、忌まわしい過去なのだ。

わかっていることでも、透にとっては辛いことだった。なんといっても、透は知香に片思いしていたのだから。

透と知香の関係は単なる幼馴染ではなく、複雑だった。

まず、透と知香は従兄妹である。知香の生まれた近衛家は、日本全体でも有数の大金持ちだ。近衛グループといえば、名古屋で地方銀行・百貨店・自動車部品製造・セラミック産業を展開する大規模企業グループで、東海地方で知らない人はいない。

そして、透の母は、近衛家の出身だった。透が小学生のときに両親が離婚すると、透は近衛家に引き取られた。

だから、透と知香は同じ家で暮らしていたこともある。

そして、透は将来の近衛グループへの貢献を期待されて、知香との婚約を決められた。

いまどき子どもの頃に婚約者を決めてしまったのは、いろいろな特殊事情のなせるわざだった。

近衛家が古い体質の家だったこともあるし、幼い頃の知香はとても病弱だったということもある。

もう一つの理由は、第三者から見ても、子どものころの透と知香は仲が良かったことだと思う。

透も知香も、互いを切っても切れない大事な存在だと思っていた。

透は知香のことが好きだったし、だからこそ知香にふさわしい存在になろうと努力したのだ。

婚約は家の事情で決められた、形だけのものだ。婚約者同士でも、彼氏彼女だとは言えない。

だから、透は、自分自身の力で、知香に好きになってもらいたかった。

けれど、それは上手くいかなかった。最終的に、透は近衛家から追い出され、知香との婚約はなかったことにされた。

それは大事件の結果だったのだけれど、ともかく、透と知香の関係が決定的に壊れてしまったことに変わりはない。

目の前の知香は、その黒い瞳を輝かせ、愛乃を見つめる。

「だからね、私は連城くんのことをとってもよく知っているの。リュティさんと違ってね」

「それで、何が言いたいの？」

愛乃は小さな声で問い返し、知香はにっこりと笑った。

「こんな悪い人と関わるのは、やめておいたほうが良いってこと。連城くんはね、自分のことしか考えていないの。いざというときには、婚約者を見捨てて逃げてしまうような人だもの」

知香は明るく言ったけれど、その言葉には明確な敵意がこもっていた。

たしかに透は、知香にそう言われても仕方のないことをした。それだけ知香を傷つけたのだ。

（知香の言うとおりだ。リュティさんは……俺と関わるべきじゃない）

透は自分のことが嫌いだった。

こんな自分が愛乃と関われば、知香のときと同じように、愛乃を傷つけてしまうかもしれない。

少なくとも、知香の言葉で、愛乃は透に疑念を抱くようになるだろう。

けれど……愛乃は首を横に振った。

「わたしは、連城くんと近衛さんのあいだに何があったかは知らないよ。でも、わたしは連城くんが悪い人だとは思えないな」

小さな声だったけれど、愛乃ははっきりとそう言った。知香の言葉は、愛乃にはまったく響いていないようだった。

知香が大きな黒い目を見開く。そして、わずかに、本当にわずかに、知香は焦ったような表情を浮かべた。

「リュティさんはどうしてそう思うの？　私の言っていることが信用できない？　私はずっと昔からこの人のことを知っているのに」

「だって、わたしが見ているのは、今の連城くんだもの。昔の連城くんじゃないよ。今、わたしの目の前にいる連城くんは、優しい人だもの」

愛乃は微笑んで、そして、恥ずかしくなったのか、少し顔を赤くして、青い目を伏せた。

知香はあっけにとられた様子だった。

透にとっても、愛乃の言葉は新鮮だった。

（そっか……）

知香が知っているのは、昔の透だ。ずっと昔から、子どもの頃から知っているけれど、それは今の透とイコールではない。

逆に、愛乃にとっての透は、今ここにいる透なのだ。

当たり前のことだけれど、その言葉に、透は少し救われた。

あの完璧超人の知香が、珍しくうろたえていた。そして、知香は愛乃をきつく睨む。

「後悔しても知らないんだから」

「わたしは後悔しないよ。わたしは近衛さんとは違うもの」

知香はぐっと言葉に詰まり、やがて余裕の笑みを浮かべた。

「そうね。私は連城くんの幼馴染で、婚約者だったこともあるけど、リュティさんは違うものね」

「幼馴染にはなれないけど、婚約者にはなれるでしょ？」

愛乃はちょこんと首をかしげ、金色の髪がふわりと揺れる。

知香は絶句していた。透も愛乃の言葉が理解できず、硬直する。

愛乃は宝石のような青い目で、透を上目遣いに見つめた。

「連城くんにはね、わたしの婚約者になってほしいの」

第二章　Mina rakastan sinua

放課後。

透は愛乃と一緒に、喫茶店にいた。

愛乃は白い頬を赤くして、きょろきょろと周りを見回していた。

男子と二人きりで喫茶店にいるというシチュエーションが、恥ずかしいのかもしれない。

けれど、その必要が生じたのは、愛乃が原因だった。

昼休みの知香との遭遇は大変だったのだ。

愛乃が透に「婚約者になってほしいの」と言った後、知香は顔を青くしていた。

知香は、中学生になってから完璧超人で通している。どんなときも誰にも負けていない。

その知香が、ここまでうろたえるのは珍しい。「打倒近衛知香！」に燃える明日夏に見せたら喜んだと思う。

知香は「そんなこと、できるわけないじゃない」とつぶやいた。続けて何か言おうとした様子だったけれど、他の生徒会役員が近づいてきたことに気がついて、透たちを睨むと、足早に颯爽と去っていってしまった。

会話の内容まではわからなくても、透・愛乃と知香が揉めているのは、周囲から見てもわかったようだ。

愛乃に婚約者発言の真意を問おうにも、大勢に注目された状態では困る。

ということで、透から提案して、放課後に喫茶店へ来たというわけだ。

二人が入ったのは、学校から離れた名古屋駅のユニモール地下街にある喫茶店チェーンだ。だから、学校の知り合いがいる可能性も低い。

テーブル席に向かい合って座る。赤いふかふかのソファが心地よい。

愛乃はソフトクリーム付きのアイスココアを頼んだ。

透は思わず微笑む。

「甘いもの、好きなんだ？」

「べ、べつにそういうわけじゃっ……ない。このぐらい誰でも頼むでしょ？」

愛乃は言って、それから恥ずかしそうにうつむき、小声で言う。

「本当は甘いもの、好きなの」

「恥ずかしがるようなことじゃないと思うけど。俺も甘いもの好きだし」

「そうなの？」

愛乃は、ちょっと嬉しそうに微笑んだ。

透は言ってから、自分は何を頼もうと考えていると、女性の店員がやってくる。

愛乃は見上げると、店員に向かって「ソフトクリーム付きのアイスココアを……二つお願いします」と言った。

透がびっくりして、愛乃を見ると、小声で「同じものじゃダメ？」と聞かれた。

べつにソフトクリームもココアも嫌いではないので（というよりむしろ好物なので）透は、「まあ、いっか」とうなずいた。

すらりとした美人の女性店員は、透たちの会話を聞いて、微笑ましそうに見つめ、それから「かしこまりました」と言って去って行った。

「なんか……デートみたいだね」

愛乃は頬をほころばせてつぶやいて、そして、はっと口を手で抑える。

「べ、べつに連城くんとデートしたいってわけじゃないからね？」

「こんなところに呼び出して悪かったよ」

「さ、誘ってくれたのは嬉しかったけれど……」

消え入るような声で、愛乃は言う。

少なくとも、ここで愛乃と会っているのはデートではない。

愛乃の目的を聞き出すためだ。

「単刀直入に聞くけど、俺を婚約者にするって言ってたのは、どうして？」

知香を困らせるための嘘だったら、それはそれでよいのだけれど、この気弱な愛乃がそこまでするだろうか？

愛乃に尋ねてみると、案の定、愛乃はふるふると首を横に振った。

「あ、あれは本気なの……。連城くんをお昼に誘ったのも、本当はそのため」

「なるほどね。一つ謎は解けたけど、もっと大きな謎ができたな。どうして俺なの？」

純粋に疑問だった。透と愛乃はこれまでさして親しいわけではなかった。

他に愛乃に親しい男子生徒がいるというわけではなさそうだけれど、ほとんど見ず知らずの他人に婚約を頼むなんて、普通ではない。

愛乃はこくこくとうなずいた。

「近衛さんが……連城くんの悪口を言うから、勢いで婚約者になってなんて言ったけれど、説明不足だよね」

おそらく透が短い人生のなかで出会った出来事のなかで、一番説明不足な出来事だった。

もっとも理由は絞られるとは思うけれど。

「形だけでも、婚約者がいないと困る理由があるんだよね？　誰かと結婚させられそうになっているとか？」

愛乃がびっくりした様子で目を丸くする。図星なんだろう。

「どうしてわかったの？」

「他に理由がないからね」

もし愛乃が透に好意を持っているとしても、いきなり「婚約者になって」なんて言わないだろう。

透の側に、なにか婚約者にするメリットがあるとも思えない。

正確には、透と近衛家との深い関係を考えれば、メリットは皆無ではないと思う。

ただ、愛乃は透と近衛家の関係を知らないようだった。透と知香が元婚約者だと知って、愛乃は驚いていたし、それが演技だとは思えなかった。

そうだとすれば、愛乃が形だけでも婚約者を必要とする理由があると考えるのが妥当だ。婚約者が必要という特殊な事情の理由は限られてくる。たとえば、意に沿わない結婚を強いられそうになっているというのは、比較的ありそうな話だ。

というわけで、口にした推論がたまたま当たったにすぎない。

愛乃は感心した様子で、「そうなの」とうなずく。

「あまり話せないんだけど……わたしがフィンランドの生まれだってことは知ってるよね？」

「まあ、それは、うん」

それは知っているけれど、フィンランドといっても、透には、スウェーデンの東、ロシアの西にある国という程度の知識しかない。

「わたしのお母さんは、フィンランドの会社の日本法人……日本での支店みたいなものの代表なの」

そういえば、愛乃はフィンランドの財閥の令嬢だとも聞いた。母親もその財閥の経営者一族のようだ。

だから、知香と同じぐらいお嬢様なのかもしれない。

「ただ、その会社がずっと赤字続きで……フィンランド本社からの支援も断られちゃって。だから、日本の大きな会社に建て直しのための資金援助を受けようとしたんだけれど……」

その会社の社長は、条件を提示した。愛乃の母の会社の経営再建を支援する。代わりに、社長の親族と、愛乃のあいだに婚約を成立させること。

そんな時代錯誤な提案を、相手はしてきたらしい。

理不尽な話だと思う。愛乃が嫌がるのも、当然だ。

問題は、愛乃の母がその提案に乗り気なことだった。

愛乃はうつむく。

「お母さんはね、わたしのことなんてどうでもいいの。自分の会社のことしか考えていないもの」

「だから、俺を婚約者にして、その提案を断りたい？」

愛乃はうなずいた。

「もう婚約者がいるところを見せれば、相手も納得すると思うの」

「でも、そんな手が通用するかどうか……」

未成年の婚姻には、親の同意が必要なはずだけれど、婚約はどうなのだろう？　透にはわからなかった。

「お願い！　形だけの婚約者でいいの。期間限定だし、迷惑はかけないから」

「……どうして、俺なの？　他に男はいくらでもいると思うけれど」

透はそう問いかけてみた。愛乃が婚約者を必要とする理由はわかったけれど、最初の質問の答えがまだだ。

どうして、透なのか？

愛乃はうつむいた。

「だって……連城くんは優しいし」

「そうかな」

「わたしの弱みにつけこんで、変なことしたりしなさそうだし」

「するかもしれないよ？」

「そ、そうなの？」

愛乃は顔を赤くして、真面目な表情で透を見つめる。

透は肩をすくめた。

「しないけれどね」

「と、とにかく、わたしには連城くんが必要なの。……連城くん以外には頼れる人はいないし」

上目遣いで見つめられ、透は迷った。

こんな可愛い子から頼られて、悪い気はしない。

愛乃は、知香に向かって、透のために言い返してくれた。できるなら、力になりたいとも思う。

けれど、本当に透が手助けすることができるのだろうか。愛乃の提案は非現実的なものに思えた。

なにより、透よりも、もっと効果的に、愛乃のことを助けられる人がいるような気がする。

未成年の透と愛乃に、何ができるというのだろう？

「まだ、提案を受けるかどうかを考える時間はあるんだよね？」

「えっと……うん」

「それまで、他の手段でなんとかできないか考えてみてよ。あと、俺以外の婚約者候補も探した方がいいと思う。俺は、たまたま怪我をしそうになったリュティさんを助けただけだし」

愛乃は口をぱくぱくとさせて、なにか言いたそうにしていた。

でも、愛乃はその言葉を飲み込んだようだった。

代わりに、ささやくように言う。

「もし、他に方法がなかったら……連城くんはわたしの力になってくれる？」

透は一瞬、迷った。でも、答えは一つしかない。

「もちろん。可能な限り、リュティさんの力になるよ」

ぱっと愛乃の表情が明るくなり、青い瞳をきらきらと輝かせる。その顔はとても嬉しそうで、見ているだけで引き込まれそうになる。

いつのまにか、透は愛乃に深く関わることになっていた。こんなはずではなかったのに。

ともかく、透も、他の解決策がないかを探すことにした。必要なのは情報だ。

「リュティさんのお母さんの会社を助けようとしているのって、なんて名前の会社？」

部外者の透が聞くべき情報ではないかもしれないけれど、やむを得ない。

けれど、愛乃から会社名を聞いた時、透は自分がまったく無関係とは言い切れない事に気づいた。

「リュティさん……その会社……」

「会社がどうしたの？」

「近衛グループの会社だ」

つまり、透の、そして知香の一族が経営している会社ということになる。

となれば、愛乃が婚約させせられそうになっている男は、近衛家の親族の誰かということになる。

いったい誰だろう？　透も知っている誰かだとは思うけれど……。愛乃にたずねてみたが、名前を知らないようだった。

となれば、透が自分で確認するしかない。

「リュティさん、少し席を外していい？」

「いいけど、どうしたの？」

「近衛本家に電話して確認してみるよ」

透はそう言うと、店外に出た。そして、地下街の通路の隅で、スマホを取り出す。

かける相手は、透と近衛本家のあいだの連絡役だ。

ワンコールもしないうちに、相手は電話に出た。

「やっほー、透くん。あまり電話してくれなかったから、お姉さん寂しかったなー」

おそろしく軽い雰囲気の女性の声がする。透はくすっと笑った。

「冬華《とうか》さんはお元気そうで何よりです」

時枝冬華《ときえだとうか》は、近衛家の女性秘書だ。二十代後半のかっこいい雰囲気の女性だが、かっこいいのは外見だけで、中身は相当いい加減だ。

冬華は近衛本家に住み込みで仕えている。透と近衛本家の連絡も任されていて、実質的には透の後見人でもある。

本家の人間で、唯一透に親切にしてくれる人間でもあり、感謝している。気安い相手だから、愛乃の婚約者に誰が予定されているかも、質問することができる。

とはいえ、いきなり本題を切り出すのはまずい。

「冬華さんにお聞きしたいことがあって」

透はどうやって聞き出そうかと考えながら、前置きをした。けれど、その心配は無用だった。

冬華は「えへへ」と大人とは思えない笑い声を上げる。

「このタイミングで電話してくるってことは、あのことしかないよね。お知らせするのが遅くなってごめんねー」

「あのこと？」

「またまた、とぼけちゃって。クラスメイトの愛乃・リュティさん本人から聞いたんじゃないの？」

へらへらとした冬華の調子に、透はとても嫌な予感がした。どうして、冬華が愛乃のことを知っているのか。

底抜けに明るい声で、冬華は言葉を続ける。

「金髪碧眼の美少女が婚約者なんて、透くんもラッキーだね」

「あー、それはつまり……」

「近衛本家は、透くんを愛乃・リュティさんの婚約者にするつもりだよ？」

冬華は、電話越しに楽しそうな声でそう告げた。

「初耳です。どうして俺がリュティさんの婚約者になるんです？」

近衛家の秘書の時枝冬華は、透が愛乃の婚約者になる予定だと言った。

青天の霹靂、まさに唐突だ。

電話越しに冬華は、ふふっと笑う。

「知らなかったんだ？　ごめんねー」

「と、当事者の俺たちの意向は一切無視ですか？」

「世の中は理不尽だね。そういうものだよ」

まるで悪びれず冬華は言う。冬華が決めたわけではないのはわかるけれど。

「俺がリュティさんと結婚すれば、リュティさんの母親の会社は近衛一族のものとなる。そういうことでしょう？」

「そのとおり。いまどき政略結婚なんて流行らないけどね。ご当主様の意向としては、そういうことで間違いないと思うよ」

近衛本家の屋敷から追い出されたとき、透は知香の婚約者という立場を失った。

それ以来、近衛本家からは何も期待されていないものだと思ってたけれど、今になって、近衛家は透を利用するつもりになったらしい。

リュティ家の会社が同族経営なら、そこに近衛家の親族を送り込めば、会社の乗っ取りができることになる。

「俺のことはともかく、リュティさんが気の毒ですよ。こんなふうに第三者の都合で勝手に婚約を決められるなんて……」

「それは透くん次第じゃない？」

「俺次第？」

「透くんがリュティさんの理想の婚約者になってあげればいいんだよう。彼女が透くんのことを大好きで大好きでたまらなくなれば、何の問題もなくなるから」

「そんな無茶な」

「透くんならできると思うけどなー。お姉さんだったら大歓迎」

「からかわないでくださいよ……」

「一応ね、透くんやリュティさんの同意が必要なんだけどね。でも、もう決まったことだから」

透にも愛乃にも、もちろん冬華にも、近衛本家の決定を変えることはできない。

とはいえ、本人たちの同意なしに婚約が成立しないはずだ。

愛乃がそうしようとしたように、透たちが全力で抵抗すれば、話は変わってくるかもしれない。

たとえば、透以外の近衛家の人間が愛乃の婚約者になっても、会社不都合はない。そうすることも選択肢としては在りうると思う。

「少し考えさせてください」

「どうぞどうぞ」

冬華は相変わらず軽い調子でそう言うと、「またねー」と電話を切った。

(困ったな……)

どう愛乃に説明したものか、透は悩んだ。

ともかく、いったん喫茶店に戻ることにして、地下街から店内に入ると、異変に気づく。

愛乃は同じ席にちょこんと腰掛けていた。けれど、その周りに二人の若い男が立っている。

長身の男二人はニヤニヤしながら、なにか愛乃に話しかけている。

(ナンパ……されてるのかな)

愛乃が目立つのは学校の中だけの話はない。

金髪碧眼の白人の美少女が、ブレザーの制服姿でいれば、当然注目を集める。しかも愛乃は小柄で大人しそうだから、声をかけられやすいのだろう。

連絡先を教えてくれというようなことを言われて、愛乃は困っているみたいだった。

うつむいて、ふるふると震えている。

慌てて透は席に戻った。

透の姿を見ると、愛乃はぱっと顔を輝かせる。

下の名前で呼ばれてどきりとする。愛乃は嬉しそうな笑顔になり、そして、突然自信満々になり、胸を張る。

「わたし、付き合っている人がいますから」

そうなの？　と問いかけようとして、透は気づく。

愛乃が上目遣いにじーっと透を見つめている。

つまり、愛乃の言う「付き合っている人」とは透のことで、ナンパの撃退のために彼氏のフリをしてほしいということだろう。

透は理解して、男二人に笑顔を浮かべた。

「というわけで、俺の彼女なので」

男二人は顔を見合わせると、「仕方ない」という顔であっさりと去って行った。

ほっとして愛乃を見ると、愛乃はぎゅっと透の制服の袖をつかんだ。

「リュティさん？」

「……怖かったの」

そう言って、愛乃は少し潤んだ青い瞳で、透を見つめる。

自分よりもずっと背の高い男性二人に絡まれていたわけで、きっと怖かっただろうなと透も思う。

「ごめん。こういうことになるとは思わなくて、一人にしてしまって」

「ううん。助けてくれてありがとう、透くん」

愛乃はそう言ってから、口を押さえて顔を赤くする。もう彼氏彼女のフリをする理由もないので、下の名前で呼ぶ必要はないのだ。

照れ隠しのように愛乃は早口で言う。

「こういうこと……よくあるの。でも、べつに一人でも平気だし、自分で自分を守ることもできるから」

「本当に？」

それは強がりではないかと、透は思った。

愛乃は少しためらってから、そして、とても小さな声で言う。

「……本当はね、わたしを守ってくれる人がいたら、いいなって思うの」

そして、愛乃は宝石のような瞳で透を見つめた。まるで何かを期待するかのように。

透には、愛乃を守るなんて、言うことはできない。そんな無責任なことは口にできなかった。

知香を助けられなかったように、透には自分が愛乃の力になれるとは思えなかった。

ただ、現状、透は愛乃と深く関わることになっている。愛乃が心配そうに透を見る。

「それで、わたしの婚約者になる予定の人って……どんな人だったの？」

冬華から確認した結果を、透は愛乃に言わないといけなかった。

「俺だった」

「え？」

愛乃は青い目を大きく見開く。そして、きょとんと可愛らしく小首をかしげる。

透は愛乃に経緯を説明した。

つまり、透が近衛家の一員として、愛乃の婚約者となる。そして、将来的には愛乃と結婚することで、愛乃の母の会社を手に入れる。

それが近衛家の狙いだ。

「信じられない……」

愛乃が小さくつぶやく。透はうなずいた。

「信じられない気持ちはよくわかるよ。ただ、こんな時代錯誤なことを平気でするのが近衛グループだから」

「ううん、そうじゃなくて……。連城くんがわたしの婚約者だってことに驚いちゃって。すごい偶然だなって」

「まあ、たしかに驚いたけどね」

「もしかしたら運命なのかも」

愛乃はそんなことを言い、そして嬉しそうに透を見つめた。

「つまり、連城くんがわたしの婚約者になってくれれば、それですべて解決ってことだよね」

「そう言われれば、そうだけど、それってつまり俺と結婚するってことだけど、それでいいの？」

「べ、べつに連城くんと結婚したいってわけじゃないんだけれど……」

愛乃は頬を赤くした。

仮に近衛家の言う通り、透と愛乃が婚約するにしても、二人は恋人でもないし、ただのクラスメイトだ。

いろいろと困ったことになると思う。

「リュティさんは、好きでもない相手と結婚させられるなんて嫌じゃない？」

「そ、それは……」

愛乃はもじもじと白い指を動かし、恥ずかしそうに上目遣いに透を見る。

「え？」

「えっと、や、やっぱり、わ、わたしは……連城くんとだったら、結婚したいかも」

「へ、変な意味じゃなくて！　他の人と結婚させられるぐらいなら、連城くんの方がいいなって。連城くんは……同い年だし、かっこいいし、優しいし……わたしのことをわかってくれるし」

「俺はリュティさんのことを理解しているとは言えないよ」

ついこないだまで、ほとんど交流のないクラスメイトだったのだから、透は愛乃のことを理解しているなんて、とても言えなかった。

ただ、愛乃は孤高で冷たい少女ではなくて、本当は気弱で恥ずかしがり屋な、素直になれない女の子なのだということは、わかったけれど。

愛乃は微笑む。

「これから理解してくれればいいと思うの。きっと……連城くんはわかってくれると思うから」

「ほ、本当に俺でいいの？」

「うん。わたしは……連城くんとの婚約を受け入れるよ。ううん、連城くん……わたしと結婚してほしいな」

愛乃は、いたずらっぽく青い瞳を輝かせ、そしてくすっと笑う。

その顔は耳まで真っ赤で、そして、とても美しく優しい表情が浮かんでいた。

透は考えた。

そもそも愛乃は、好きでもない相手と結婚するということで、本当に良いんだろうか。

とはいえ、現実問題として、愛乃にとって、最良の選択は透を婚約者とすることだというのも理解できる。

愛乃は透との婚約を受け入れると言う。それどころか、近衛本家も、愛乃の母もそれを望むだろう。

そうだとすれば、問題は、あとは透の意思だけだ。

（……俺はどうしたいんだろう？）

透には、他に好意を寄せている相手がいるわけではない。すでに幼馴染の知香は透の隣にいない。

そうだとしても、愛乃と婚約するというのは、途方もない話に思えた。

いくら形だけとはいえ、婚約者である。他に事情がなければ、そのまま結婚するということになるわけだ。

愛乃は不安そうに俺を見上げる。

「ダメ？」

「ダメってことはないけど、こういうことはよく考えないと……」

「よ、よく考えてるもの！」

「本当に？」

「本当に」

愛乃はこくこくとうなずく。

そうは思えない。その場の勢いで言っているだけではないだろうか。

透はとんとんと指で机を叩いた。

「たとえばさ、俺と子どもを作ることができる？」

愛乃はみるみる顔を赤くした。そして、透を青い瞳で睨む。

「そ、それってセクハラ……！」

「事実だよ。俺と結婚するってことは、そういうことも起こるってこと。だからよく考えたほうがいいよ」

「……で、できるもの」

「え？」

「連城くんがそういうことをしたいなら、いいよ。も、もちろん、子どもを作るのは結婚してからだけど」

愛乃はますます顔を赤くして、目を伏せる。透も、愛乃の発言に驚いた。そして、自分の発言の迂闊さを噛みしめる。

愛乃に躊躇させるつもりが、逆効果になってしまった。それどころか、無理強いして、とんでもないことを口にさせてしまった。

「れ、連城くんはそういうことしたいの？」

問い返されて、透は困った。目の前には愛乃の小柄な身体がある。青い大きな目は綺麗に澄んでいて、その小さな赤い唇は艶かしく見えた。

そういえば、明日夏が言っていた。愛乃は意外とスタイルが良いと。透は愛乃の胸元についい視線が行き、その胸の膨らみを見てしまった。

愛乃がはっとした顔で、両腕で体を抱いて、恥ずかしそうに胸を隠す。

「いま、わたしの胸を見てた？」

「見ていないよ」

「嘘つき」

透は自分の頬が熱くなるのを感じた。失敗した。

これで愛乃に嫌われただろうとも思う。

ところが、愛乃の顔には困惑の色はあっても、嫌悪の表情は浮かんでいなかった。

それどころか、やがて愛乃の顔に少し嬉しそうな笑みが浮かんだ。

「連城くんも……男の子なんだね」

「知らなかった？　俺は馬鹿な男子の一人だよ」

「あのね……連城くんって、いつも何にも興味がなさそうな顔がしてるから、女の子にも興味がないのかと思ってた」

「そんなわけないよ。相手がリュティさんみたいな――」

リュティさんみたいな美少女なら興味がないわけない、と透は言いかけて、これは失言だと思った。

恥ずかしいし、そもそも透なんかに容姿を褒められても、愛乃は喜ばないと思う。

けれど、愛乃はいたずらっぽく目を輝かせた。

「わたしみたいな？　続きは何を言おうとしていたの？」

「忘れてよ」

「ダメ。気になるもの。言ってくれないと、わたしの胸を見ていたこと、許してあげない」

からかうように、愛乃が言う。透は肩をすくめた。

どうしたものかと考えて、言わない方がまずいな、と思う。観念して、透は小声で言う。

「リュティさんみたいな美少女なら、興味がないわけないって言おうとしたんだよ」

「そ、そっか。わ、わたしって……可愛い？」

「世の中の男の99％は可愛いと言うと思うよ」

「他の男の人じゃなくて、連城くんから見て……可愛いかを聞いているの」

「そ、それは……可愛いと思うけど」

「どのぐらい可愛い？」

透は投げやりになった。今更引き返せない。もう思ったとおりのことを言うしかない。

「学校で、一番か二番かというぐらいには可愛いと思うよ」

「ふ、ふーん。そうなんだ……」

言葉はそっけなかったけれど、愛乃は照れたように手をもじもじとさせた。

透も恥ずかしい。どうしてこんな話になったのだろう？

愛乃は、何かに気づいたかのように、目を瞬かせる。

「『学校で一番か二番』ってことは、わたしと同じぐらい可愛いと思っている子が、他にいるってこと？」

「それは……」

「近衛知香さん？」

愛乃の問いに、仕方なく透はうなずいた。嘘をつくわけにもいかない。

愛乃は「そっか」と短くつぶやくと、少し不満げに透を見る。

「近衛さん、すごい美人だものね」

「そうだね。まあ、でも、もう俺とは関係のない人間だよ」

透は淡々と言う。

愛乃はじっと透を見つめた。

「ねえ、連城くん。……近衛さんと、昔、何があったの？」

透は……一番触れられたくないことを質問されて、息を呑んだ。

そのとき注文の商品が届く。アイスココア、ソフトクリーム付き。

思ったよりも……甘そうだ。愛乃はぱっと顔を輝かせる。

タイミングが良い。

「溶けないうちに早く食べよう」

透は言った。

(これで……ごまかせるかな)

けれど、そうは問屋が卸さない。

愛乃ははっとした表情で、透を睨む。

「ご、ごまかそうと思ってもそうはいかないんだから！」

「俺と近衛さんのことを知ってどうするの？」

「だって、わたし、連城くんの婚約者になるんだもの。元婚約者のことは知っておきたいよ？」

言われてみれば、そうかもしれない。いや、まだ透が婚約者になるとは決まったわけではないけれど。

ただ、愛乃の件は近衛グループが深く関係している。そうであれば、知香との関係は、あら

かじめ説明しておいた方がよいかもしれない。

透は重い口を開いた。その事件が起きたのは、三年前のことだった。

「俺が近衛さんと幼馴染で、しかも従兄妹だってことは知っているよね？」

「うん……婚約者だったことも知ってる」

愛乃はこくこくとうなずいた。当事者の知香が暴露したけれど、本当は透と知香の関係は秘密だ。

こんな秘密が学校中にバレた日には、面倒なことになることは間違いない。ただでさえ、知香と親しくなりたい男子は多いのだから。

「ということで、このことは絶対に秘密にしておいてほしいんだけど」

「うん。……そっか、連城くんの秘密を知っているのは、近衛さんとわたしだけなんだね」

なぜか嬉しそうに、愛乃はふふっと笑った。

知って面白いような話では無いと透は思うけれど、愛乃は上機嫌の様子だった。

「もともとさ、知香は身体が弱い子だったんだよ。病気で入院と退院を繰り返していたし、小学生のときは学校に行けない日も多くて」

「へえ。今ではぜんぜんそんな感じがしないけど」

「まあ、今ではすっかり元気だし、弱点なんて一つもないけどね。ただ、昔の知香は病気のせいで、一人でいることが多くて、ふさぎこんでいることも多かったんだよ」

「そういうとき、連城くんは、近衛さんと一緒にいたの？」

「そのとおり。それが俺の役目だったから。寝ている近衛さんの隣で、俺が話し相手をして、知香……近衛さんは楽しそうな顔をしていたっけ。婚約者になったときに、『何があっても知香を守るし、どんなことがあっても知香のそばにいる』って俺は言った。小学生なのにカッコをつけて、今思い出すと、恥ずかしいんだけれど。でも、近衛さんは……嬉しそうだった」

透は一瞬、懐かしい気持ちになる。昔は透と知香の関係も違った。そのときの知香は透のことを必要としていたのだ。

透ははっとする。目の前の愛乃がちょっと不機嫌そうに透を睨んでいる。

「なんか……のろけ話みたい」

「今も俺と近衛さんが婚約者だったら、そうかもしれないけど、現実は違うからね」

愛乃は「しまった」という顔になり、おそるおそるといった感じで透を見つめる。

「ごめんなさい。無神経なことを言ったかも」

透は微笑んだ。もし無神経だとすれば、それは透も同じことだ。

「べつにいいよ。つまりさ、俺は近衛本家に、近衛知香を守る盾であることを期待されていたよ。それが、俺の婚約者としての役割だった。なら、その俺が婚約者の地位を失ったのはどうしてだと思う？」

「ええと、役割を果たせなかったから？」

「そのとおり。俺は近衛さんを守れなかったんだよ。近衛さんは、知っての通り、大手企業グループの令嬢だから、いつも護衛がいるんだけど、それでも完璧じゃなかった。中学一年生のとき、身代金目的で、近衛さんは誘拐された。ついでに俺もね」

「そ、それって大事件じゃ……」

「ニュースにはならなかった。警察とマスコミのあいだで取り決めがあったから。でも、俺と近衛さんにとって大事件だったのは、そうだと思う」

起こったことは、単純だった。まず透は未然に知香誘拐を防げなかった。それは仕方がない。ただの中学生だったのだから。

ただ、その後に起こったことが問題だ。

「そのとき、俺は近衛さんを見捨てて逃げたんだよ」

「え？」

愛乃は青い目を丸くして、透を見つめた。透は小声になる。

「誘拐犯から俺だけ逃げるチャンスがあった。俺は近衛さんを助けようともせず、みっともなく逃げ出した。結局、警察のおかげで、近衛さんは傷一つ負わずに解放されたけど、俺は近衛本家と近衛さんの信頼を失った。それで婚約は解消された」

「で、でも、そんな状況になったら、仕方なかったんじゃ……」

「俺は近衛さんのそばにいることもできたのに、自分の命惜しさに逃げたんだ。俺に期待されていたのは、命に代えてでも、大事な近衛本家の娘を守ることだった」

「そ、そんなの理不尽じゃ……」

「仮に近衛本家のことは置いておいても、近衛さんにとってみれば、何があっても自分を守ってくれるはずの、何があっても自分のそばにいてくれるはずの婚約者が自分を裏切ったんだから、失望して当然さ」

そう。透は取り返しのないことをした。

もちろん婚約の解消は、透に非があったというだけでなく、本家と分家の権力闘争の結果でもあった。

それでも、結果は変わらない。

たとえ命の危険があっても、透は知香のそばにいるべきだった。そうすれば、知香を失うこともなかったし、際限のない自己嫌悪に悩まされることもなかっただろう。

「俺はそういうやつなんだよ。リュティさんは、それでも俺を婚約者にしたい？　近衛さんと同じように、いつか俺に失望することになるよ」

透は投げやりにそう言った。だから、透は前向きになれない。誰かに必要とされても、期待に応えられないかもしれない。

また同じようなことが起き、大事な人からの信頼を失うかもしれない。

愛乃は魅力的で、心優しい、可憐な少女だ。男なら誰でも、彼女と親しくなれるときけば喜ぶだろう。

その愛乃が、透と婚約することを望んでいる。けれど、もしふたたび同じようなことが起きて、知香と同じように愛乃を失えれば、もう透は立ち直れないかもしれない。

そのことが恐ろしかった。

愛乃は、とても綺麗で純粋な瞳で、透を見つめた。

「わたしはね、おかしいと思うの」

「えっと、何が？」

「連城くんばかりが一方的に近衛さんを守っていたんでしょう？　近衛さんは連城くんに何をしてくれたの？」

「それは……」

そんなことは考えもしなかった。知香は透よりずっと優秀だ。その知香の隣にいられるように透は努力した。そして、病弱な彼女のことを守ろうと思っていた。

でも、その代わりに、知香が透に何かをしてくれるという発想はなかった。

愛乃は透を優しく見つめる。

「婚約者なんだもの。連城くんが一方的に近衛さんを守って、それができなかったら責め立てるなんてひどいよ。わたしは……連城くんと婚約者になったら、連城くんの力になりたい」

愛乃はそう言い切り、そして、恥ずかしそうにうつむいた。

「わ、わたしなんかにできることがあればだけど……」

愛乃は小声で言う。

透はソフトクリームを一匙すくい、考えた。婚約者なのだから、たしかにどちらかがどちらかに一方的に献身する関係は違うのだ。

愛乃の言うとおりだった。

「もし、リュティさんが俺の力になってくれるなら、俺はリュティさんの支えにならないとね」

透は思わずつぶやき、愛乃がぱっと顔を輝かせる。

しまった、と思う。

これでは、まるで婚約を受け入れたみたいだ。他に選択肢がないのも事実だけれど、ただ、まだ時間はあるはずだ。

もしかしたら、愛乃と婚約せずに、近衛家を納得させて、愛乃の母の会社を救う方法があるかもしれない。

「リュティさんと、こ、婚約するとは言っていないから。もう少し考えさせてくれないかな」

「いいよ。でも……」

愛乃はくすっと笑い、そして、透の頬に指を伸ばした。

どきっとして身構えるが、愛乃の白い指先は透の頬を優しくなぞった。

その指先には、ソフトクリームがついていた。どうやら口ひげのようにソフトクリームがついてしまっていたらしい。

愛乃は嬉しそうに微笑むと、指先をぺろりとなめた。透は自分の頬が熱くなり、そして、愛乃から目が離せなくなっているのを感じた。

愛乃はいたずらっぽく瞳を輝かせる。

「わたしは近衛さんとは違うの。だから、わたしは連城くんと結婚したいんだって、覚えておいてね？」

☆

愛乃に婚約を迫られた翌日。

透は、学校の図書室にいた。校舎の中でも、図書室は別館の四階と五階に位置する。

この学校は私立で、中高合わせて二五〇〇人と生徒数も多い。だから、その図書室は二階分のフロアを占めるほど広くて、蔵書も結構な量がある。

透のお気に入りの場所で、目的もなく時間をつぶすことも多い。

けれど、今日は違う。目的があるのだ。

透は閲覧席に座ると、本棚から取ってきた本を広げる。

背表紙に『フィンランドを知るための本』と書かれた、ソフトカバーの本だ。

どうしてそんな本を読もうと思ったかと言えば、理由は一応あった。

愛乃が、フィンランド人だからだ。

今日の教室でも愛乃はいつもどおり一人で過ごしていた……ことはなく。

驚くほど積極的に、愛乃は透に迫ってきた。「連城くん、日直なんだ？　手伝う？」「ね、連城くん。お昼を一緒に食べよう？」と事あるごとに、透に話しかけてきたのだ。

そういうとき、愛乃は嬉しそうに、上目遣いに透を見つめていた。そして、耳元で「結婚してくれる?」とささやくのだ。

周りに聞こえないほどの小声だったとは思うけれど、バレたら大変なことになる。

ただでさえ、クラスの男子からは嫉妬されているし、明日夏もなぜか不機嫌なのだから。

ともあれ、透は否応無しに愛乃のことを意識させられ、逃げ回る羽目になった。

愛乃が必死なのは、透にも理解できる。愛乃からしてみれば、透との婚約が成立しなければ、どこの誰とも知らない人間と結婚させられることになるわけだから。

けれど、透には決断できなかった。

(形だけの婚約だとしても、俺は本当にリュティさんの力になれるんだろうか……?)

でも、「結婚してほしいの」ときらきらした青い瞳で迫る愛乃は……透にとって、心を揺さぶられる存在だった。

知香に、近衛本家に見捨てられて以後、透は誰かに必要とされたことなんてなかった。

でも、今、愛乃が透を必要としている。

フィンランドについての本を読もうとしているのも、愛乃のことを知りたいと思ったからかもしれない。

(いや、ちょっと気になっただけさ)

透は、心の中で言い訳して、ページをめくった。

フィンランドという国について、透が知っていることなんて、ほとんどない。

ヨーロッパの北のほうにある寒い土地というぐらいの知識しかなかった。

そのフィンランドについての本は、政治や経済、歴史、文化、観光といったいろんな分野ごとに分かれていて、四十人もの書き手が文章を寄せていた。

フィンランドは人口五〇〇万人の小さな国なのに、日本にフィンランドの専門家がたくさんいることに、透は驚いた。

ペラペラとページをめくってみる。

フィンランドでは、他のヨーロッパの国と比べても、金髪碧眼の人間は多いらしい。

愛乃も、まるで絵のなかから出てきたかのような、美しいブロンドの髪とサファイアのような瞳を持っていた。

一方で、フィンランドでは女性も身長が高くて、１７０㎝を超える人も普通にいるらしい。

（リュティさんはかなりちっちゃかったな……）

本屋で会った時、愛乃は踏み台の上で背伸びして、必死になって本に手を伸ばそうとしていた。

その姿を思い浮かべ、透はくすっとする。

そして、はっとする。結局、愛乃のことを考えてしまっている。

そんなとき、本のページに影が差した。誰かが頭上から覗き込んでいる。

透は反射的に顔を上げると、そこには小柄な少女がいた。

「なに読んでいるの？」

ちょこんと首をかしげているのは、愛乃だった。

金色の髪がふわりと揺れ、ブレザーの制服の胸元にふわりとかかる。

透はまじまじと愛乃を見つめた。愛乃はくすっと笑って、微笑み返す。

そして、透は大慌てで本を隠す。

フィンランド関係の本を読んでいると知られたら、どう思われるか？　タイミングを考えれば、愛乃がフィンランド人だからだと思われるだろう。それは少し恥ずかしい。

けれど、愛乃は透が本を隠したことが気に入らなかったらしい。

むっとした表情で頬を膨らませる
「なんで隠すの？」

「個人のプライバシーだよ」

「エッチな本とか？　連城くんってそういうの読まないかと思っていたけど」

「エロ本じゃないよ」

「エッチな本読まないの？」

「……図書室でおおっぴらに読んだりはしないってこと」

「へえ、家では読むんだ？」

ジト目で見られ、透は肩をすくめる。

「昨日も言ったけど、俺も馬鹿な男子の一人だからね」

ふうん、と愛乃はつぶやいて、少し顔を赤くした。

「わたしと結婚したら、エッチな本なんて必要なくなるかも」

「え？」

透がまじまじと愛乃を見つめると、愛乃は慌てて胸を隠すように、両腕で身体を抱く。

「そ、その変な意味で言ったんじゃなくて……」

「じゃあどういう意味？」

透はおかしくなって、つい尋ねてしまった。

明らかに変な意味で言ったのだと思う。しかも、愛乃が自分から勘違いして、言い出したことだ。

愛乃は「ううっ」とつぶやくと、頬を真っ赤にした。

そして、涙目になって透を睨む。

「き、昨日は……れ、連城くんがわたしと子どもを作りたいって言ったくせに！」

愛乃の綺麗な声が、図書室のなかに響きわたる。

そして、そのとんでもない発言のせいで、図書室の空気は一瞬で凍りついた。

さっきまでは愛乃も声を小さくして喋っていたのだけれど、感情が高ぶったのか、声のトーンが上がった。結果として、その綺麗な声が図書室によく響く。

透は慌てて周囲を見回した。放課後の図書室。その閲覧席の隅に、透と愛乃はいる。

だから、それほど多くの人は周りにいない。けれど、隣のテーブルの女子生徒二人組が顔を赤くして、こちらを見ている。

「りゅ、リュティさん……俺はそんなこと言ってないよ」

「い、言ったもの！」

そうだったろうか？

透は考えた。

たしかに、結婚すれば、透と子どもを作るということになる、とは言った。

ついうっかり愛乃の胸を見て、それから愛乃みたいな美少女になら興味がないわけがないとも言った。

総合すると、近いことを言ったともいえるのかもしれない。

透と愛乃は顔を見合わせた。愛乃の顔は真っ赤だし、透も自分の頬が熱くなるのを感じた。

愛乃は身を乗り出して、そして、透の耳元に唇を近づける。

「昨日も言ったけど……わたしと結婚してくれたら、そういうことをしてもいいんだよ？」

愛乃のささやきが耳をくすぐり、透はどきりとした。愛乃は透から離れると、ふふっと笑った。

透は心の中の動揺を抑え、肩をすくめる。

「やっぱり変な意味で言っているんじゃない？」

「うん、そうかも。だから、わたしと婚約してくれる？」

愛乃に問われ、透は困った。

今日だけで、その質問はもう四度目だ。

「りゅ、リュティさん……もう少し考えさせてほしいな」

透の言葉に、愛乃は微笑んだ。まるで、いずれは透が愛乃のことを受け入れるのを確信しているかのように。

こんなに愛乃が積極的になるとは、透も予想してはいなかった。このままだと、なし崩しに引き込まれ、婚約の件を了承してしまいそうだ。

近衛本家や後見人の冬華が、婚約をお膳立てしたのだから、婚約には何の障害もない。すでに外堀は埋められている。

そのとき、愛乃の後ろから一人の女子生徒が歩いて近づいてきた。

すらりとした美人で、いつもどおり制服を着崩している。クラスメイトの桜井明日夏だった。

彼女はご機嫌斜めという表情だった。そして、そばまで来ると、仁王立ちして、透と愛乃の顔を見比べた。

「桜井さん、どうしたの？」

透がおそるおそる尋ねると、明日夏はジト目で透を睨みつける。

「クラスメイトの女子にセクハラ発言をしている男子を見つけたから」

「俺のこと？」

「リュティさんに、子どもを作りたいとか言ったんでしょう？」

どうやら聞こえていたらしい。愛乃の声はよく通るから、けっこう離れた位置まで響いたのだと思う。

「こ、これには事情が――」

透は言いかけ、そして困った。

いったいどんな事情があれば、クラスメイトの美少女に子どもを作りたいと言うことが正当化されるというのだろう？

「ええと、桜井さん。俺がさ、そんな変なこと、リュティさんに理由もなく言うと思う？」

「それは……普通だったら、連城がそんなこと、言ったりはしないと思うけど……」

それなら、どうして愛乃がそんなことを言ったのかが気になる、という表情だった。

「最近、連城とリュティさん、仲が良いみたいだし……」

明日夏が、不安そうに瞳を揺らし、透を見つめる。

たしかに、今までほとんど話したことがなかったのに、急に親しくなったように見えると思う。

愛乃がくすっと笑う。

「あのね、桜井さん。わたし……連城くんと結婚するの」

ぎょっとして透は愛乃を見つめた。

愛乃は平然とした顔をしていた。

秘密にしておくようにとは言わなかったけれど、まさかクラスメイトの明日夏に面と向かって言うとは思わなかった。

明日夏は、目が点になったかのようにきょとんとしていた。愛乃の言葉が唐突すぎて、頭に入ってこなかったのだろう。

数秒後、明日夏が驚愕の表情を浮かべた。

「け、結婚？　連城とリュティさんが？」

「うん。結婚するんだから、子どもを作ったっておかしくないでしょう？」

「ど、どうして、二人が結婚するわけ？」

透は家の事情だと説明した。近衛本家の関係などは伏せておく。

明日夏は混乱と動揺を抑えきれないようで、手を額に当てて、うつむいた。

「そ、そんなの……おかしいよ。いまどき政略結婚？　ありえない……」

「でも、事実として起こったことだから」

「あたしがわからないのは……事実じゃなくて、二人の気持ちだよ。連城とリュティさんはどうしてそんな理不尽な婚約を受け入れられるの？」

明日夏に問われ、透は困った。明日夏の言うことはもっともだ。

近衛本家とリュティ家の事情で、突然、透と愛乃の婚約は決められた。お互いの気持ちなんて関係なしに。

愛乃が口を開く。

「桜井さんは……連城くんのこと、好きなの？」

「え？　な、なんで、あたしが連城のことを……」

「なんとなく、そんな気がして」

愛乃は真剣な表情だった。明日夏は少し頬を赤くして目を泳がせた。

「そ、それは……」

「答えてほしいな」

愛乃はその小柄な身体の前で、手を組み……そして、明日夏をまっすぐに見据えていた。

明日夏はうろたえた表情で、顔を赤くする。

突然、透のことを好きかどうか尋ねられて、明日夏が驚くのは理解できる。でも、それにしても動揺しすぎだ。

「あ、あたしは……」

「どっち？」

愛乃は言葉を重ね、明日夏を見つめている。

(どうしてリュティさんは、桜井さんが俺のことを好きだなんて思ったんだろう？)

透は疑問だった。そして、明日夏が笑い飛ばして否定しないことにも驚いた。

明日夏はうつむき、ためらうように手をもじもじとさせる。

「べつに……あたしは……連城のことを好きなわけじゃない」

「本当に？」

「ほ、本当に決まってるじゃない！」

明日夏が意固地になって叫ぶ。

一応、図書室のなかでも、会話可能な閲覧スペースにいる。とはいえ、もう少し声を抑えた方がいいと透は思ったけれど、とても口を挟める雰囲気ではない。

愛乃はぱっと顔を輝かせ、そしてふふっと笑った。

「そっか……じゃあ、桜井さんに遠慮はいらないよね。わたしはね、連城くんと結婚したいの」

当たり前のことのように、愛乃がさらりと言う。

透はぎょっとしたけれど、愛乃は昨日からそう言い続けていた。ただ、問題なのは、それをクラスメイトの明日夏の眼前で言ったということだ。

明日夏はショックを受けたようで、まじまじと透と愛乃を見つめた。

「本気なの？」

「わたしは本気だよ」

「どうして？　リュティさんは連城と付き合っているわけでもなければ、連城を好きなわけでもないんでしょ？　なのに連城と結婚するなんておかしいよ」

愛乃は一瞬沈黙し、それから不思議な微笑を浮かべた。

「そんなに変なことかな。わたしはわたしが幸せになるために、一番良い選択肢を選ぶの」

「それが連城と婚約することだって言うの？」

「うん。他の人と結婚させられるより、その方がずっと良いもの」

「でも、そんなのは連城を利用しているだけじゃない！　おかしいよ！」

「だから、連城くんにお願いしているの。『わたしと結婚してほしい』って。わたしの望みが、連城くんの望みとなれば、何の問題もないでしょう？」

「で、でも……」

「それにね、わたしも……連城くんのこと、嫌いじゃないもの」

愛乃はそう言って、ほんのりと頬を赤くして、透をちらりと上目遣いに見た。小柄な愛乃は、透をすがるように見つめていて、思わず動揺させられる。

明日夏は、完全にショートしてしまったかのように呆然としていた。

たしかにクラスメイトが突然婚約するといったら、驚くとは思う。ただ、明日夏の焦りと動揺はそれだけではないように、透にも思えた。

透は、明日夏とそれなりに長く一緒にいた。「打倒近衛知香」という明日夏の目標のためとはいえ、他の女子よりは親しいと思う。

だからといって、明日夏が透のことを好きだとは思えない。愛乃はそれを疑っているようだったけれど、明日夏自身が否定した。

それなら、明日夏はいったい、何にうろたえているのか。

その明日夏の手を、愛乃は握った。びくっと明日夏は震え、愛乃は花が咲くような笑顔になる。

「応援してくれる？」

明日夏は、愛乃の小さな手を見つめていた。そして、しばらく何も言わなかった。透ははらはらしながら、二人の様子を見守る。

やがて、明日夏は愛乃の手を振り払った。そして、小さく「ごめん」とつぶやくと逃げるようにその場を去る。

後ろ姿の明日夏は、制服のスカートの裾がふわりと翻っていた。透がぼんやりと遠ざかる明日夏の姿を眺めていると、愛乃にブレザーの袖を引っ張られた。

そして、愛乃は頬を膨らませて、透を睨む。

「桜井さん、美人だものね」

「ええと、それで？」

「見惚れるのはわかるけど……わたしと結婚しても、浮気したら、ダメなんだからね？」

愛乃はまるで透のことを本当に好きで、嫉妬しているかのような表情を浮かべていた。

そのことに、透はどきりとさせられる。

本当のところ、愛乃は透のことをどう思っているのだろう？　そして、透自身、愛乃のことをどう思っているのだろう……？

「俺はまだ、リュティさんと結婚するとも婚約するとも決めていないよ」

「そうだね。でも、決めてくれるまでは、わたしは何度でもお願いするから。……わたしと結婚してくれる、連城くん？」

愛乃はサファイアのような瞳を輝かせ、とても楽しそうにくすっと笑った。

愛乃の言葉に透はどう答えればよいのか、迷った。結婚してほしい、ともう五回も同じことを繰り返されている。

透には愛乃のことを拒絶することもできる。強い言葉で愛乃の願いを否定すれば、愛乃はきっと、同じことを繰り返さないだろう。

(そうできないのは、どうしてだろう……?)

きっと、愛乃の提案にうなずきかけているからだ。

透は愛乃に「結婚してほしい」と何度も言われて、嫌になるどころか、それを嬉しく思っている自分がいることに気づいた。

それは学校一の美少女から、そんなことを言われれば、男なら誰でも少しは嬉しく思ってしまうと思う。

けれど、それだけだろうか?

愛乃と婚約することに、透にとってメリットはない。

婚約は近衛本家の意向ではあるが、それは半強制的に従わされているだけだ。

(でも、仮に近衛家が、婚約しろと言わなかったとしても……)

透は愛乃のお願いを聞いてしまうかもしれなかった。

愛乃は困っている。どうしようもない家の事情で、どこの誰とも知らない男と結婚させられそうになっていた。

そんな愛乃を、透は救うことができる。

目の前の小柄な少女は、透のことを必要としている。

そして、透はそれに応えたいという気持ちを抑えられなかった。それは幼馴染の知香を助けられなかったことの代償行為なのかもしれない。

愛乃は首をかしげる。

「黙っちゃって、どうしたの？　考え事？」

「ああ、まあね」

愛乃はいたずらっぽい笑顔を浮かべた。その表情の意味がわからず、透は一瞬戸惑い……。

それから、はっとした。

さっきまで読んでいて、隠したはずの本がない！

いつのまにか、愛乃はその本を手にとっていた。

「へえ……」

愛乃がしげしげと眺めているそのソフトカバーの本は、『フィンランドを知るための本』という書名だった。

（しまった……）

愛乃はフィンランド出身だ。だから、その本を手に取ったわけだけれど、知られると恥ずかしいから隠しておくはずだったのに。

すっかり本の存在を忘れていて、愛乃がいつのまにか本を奪ってしまっていた。

透は愛乃の反応が心配になった。愛乃からしてみれば、気味が悪かったりしないだろうか。

けれど、愛乃は少し頬を赤くすると、照れたように透を見つめた。

「わたしがフィンランド人だから、読んでたの？」

「純粋に外国の事情に興味があって……と言ったら信じる？」

「信じない」

くすっと愛乃は笑った。

「わたしのことを知りたいと思ってくれたんだ？」

「まあ、うん、そうかもしれない」

「そうなんだ……。べ、べつに嬉しいわけじゃないんだけれど」

明らかに嬉しそうににやけた顔で、愛乃が言う。

(わかりやすいなあ)

愛乃がこんなに表情豊かな子だとは、透は知らなかった。

いつも教室で一人でいたときの愛乃は、冷たい表情をしているように思えたけれど、あれは寂しかったのかもしれない。

「連城くんは知ってる？　フィンランドって離婚率が日本よりずっと高いの」

「知らなかった。意外な気がする」

フィンランド、というより北欧の国には全体的に良いイメージがある。冷たく厳しい日本社会とは違って、福祉も充実していて、教育も素晴らしい豊かな国。そういうふうに、ニュースではときどき目にする。

愛乃は微笑む。

「フィンランドも普通の国だよ。わたしのお父さんとお母さんもね、離婚してるの」

透は驚いた。透の両親も同じように離婚している。

「でも、わたしと連城くんは、結婚したら仲良くやっていけるような気がする」

「そうかな」

「そうだよ」

愛乃の自信がどこから来るのか、透にはわからなかった。

透には、そんな未来のことはわからなかった。

そもそも順番が逆転している。今の透と愛乃の間にはなにもない。恋愛感情があるわけではないし、まして夫婦愛のようなものがあるわけでもない。

仮に本当に愛乃と結婚したとき、上手くやっていけるかどうかなんて、わかるわけがない。

それでも、愛乃は透を不思議と信頼しているようだった。愛乃はぱたんと本を閉じ、そして透を見つめた。

「わたしの名前の愛乃ってね、アルファベットではAinoって書くの」

「へえ、なにか由来があるの？」

「アイノは、フィンランドの神話に登場する水の乙女のことなんだって。土地で一番の美少女で、母親の命令で、年老いた神様と婚約させられるの。アイノは泣いて嫌がったけど……誰も助けてくれなかった」

透は驚きのあまり、愛乃をまじまじと見つめ返した。愛乃も母親の手で婚約させられそうになっている。

そっくりだ。

「それで、そのアイノはどうなるの？」

「湖に身を投げて……死んでしまうの。有名な悲劇なんだって。でもね、わたしは違うよ」

愛乃は静かに言い、透をまっすぐに青い瞳で見つめ返した。

その瞳は、どこまでも純粋に澄んでいて……透にすがるように、期待するように、不思議な色で輝いていた。

「わたしには連城くんがいるもの。神話にはいなかったヒーローが、わたしにはいるの」

「俺は……ヒーローなんかにはなれないよ。幼馴染の女の子一人助けられない弱い人間だ」

愛乃はふるふると首を横に振り、そして優しい笑みを浮かべた。

「連城くんはわたしを助けられるよ。だから、自分をそんなふうに言わないで。わたしも弱い人間だけど、でも、連城くんの力になれるように努力するから」

「ありがとう。でも……」

「二人でいれば、きっと弱くなんかないと思うの」

愛乃は、頬を赤くして、でもはっきりとした声でそう言った。

それはほとんど告白のように、透には聞こえた。

愛乃は胸の前で手を組み、さらに言葉を重ねた。

「わたしと結婚してほしいの！」

愛乃は瞳をきらきらと輝かせ、透に迫った。

愛乃からこの言葉を告げられるのは、もう六度目になる。

そして、透の返事は決まっている。そのはずだ。

でも、透は動揺していた。日本の法律では十六歳では結婚できない。そんな無意味なことを透は口走る。

それは結論の先延ばしだ。

愛乃はいたずらっぽく微笑んだ。

「だから、婚約者になってほしいと言っているんでしょう？　連城くんは形だけの婚約者になるだけ。それでいいの」

愛乃はささやいた。そう。婚約は、透と愛乃の二人のあいだに恋愛感情があるからではない。

ただ、それが二人にとって現実的な選択肢だからというにすぎない。

形だけの婚約者。そのはずだ。それは透にとって、愛乃の提案を受け入れる言い訳になった。

近衛家の意向に従うため、愛乃を救うため、仕方のないことだと納得できる。

でも、目の前で、顔を真っ赤にして恥じらう愛乃は……本当に形だけの婚約者でいいと思っているんだろうか？

仮にそうだとしても、透はそういうふうに割り切ることができるんだろうか？　提案を受け入れれば、透はこの先も愛乃と一緒にいることになる。

透は愛乃を助け、愛乃は透を支える。婚約したら、そうすると二人は約束した。

そして、婚約がそのまま生き続ければ、透は愛乃と結婚することになる。そのとき、透にとって、愛乃は他人ではなくなっている。

もし、愛乃がかつての知香のように、透にとって失ってはならない存在になったとすれば。それは透にとって恐ろしいことだった。失うことに怯えるのは、もう嫌だ。けれど、目の前の愛乃が差し出す手を、振り払うこともできなかった。助けを求める少女を、平気で見捨てられるほど、透は強くない。

(大丈夫。あくまで形だけの婚約者なんだから……)

透は自分に言い聞かせた。そして、愛乃に向き合う。

「いま決めることにするよ」

愛乃はびくっと震え、不安そうに瞳を揺らした。拒絶されるかもしれない、と思っているのだろう。

でも、透の答はもう決まっていた。

「リュティさんの婚約者になるよ」

「ほ、本当に!?」

「ああ。もちろん、他の手段で問題が解決できそうになれば、そうしよう。そして、婚約は解消する。あくまで形だけの婚約者なんだから」

「でも、そうならない限りは、わたしが連城くんの婚約者なんだね。嬉しい……ありがとう」

愛乃は本当に嬉しそうな笑顔を浮かべた。思わず、透はその笑顔に引き込まれる。

予感がする。

このまま、きっと透は愛乃にさらに深く関わることになる。そして、引き返せないことになるだろう。

わかっていても、透は愛乃を拒めなかった。

愛乃に必要とされることを、誰かに必要とされることを、透は求めていた。

愛乃はふふっと笑う。窓から差し込む夕日が、愛乃の美しい金色の髪を照らし出す。そして、
愛乃は透の耳元に、小さな唇を近づけた。

「Mina rakastan sinua」

その言葉を、透は聞き取れなかった。フィンランド語……だろうか？

透は愛乃が何を言ったのか、気になる。けれど、透が尋ねると、愛乃は首を横に振った。

愛乃は一歩身を引き、そして人差し指を唇に当てた。

「なんて言ったかは、内緒。別に深い意味はないの。でも……いつかは教えてあげる」

「いつかって、いつ？」

「わたしと結婚したら」

愛乃はそう言って、女神のような美しい笑みを浮かべた。

第三章　二人の同棲生活

「すごい……。大きなお屋敷だね！」

愛乃のはしゃいだような明るい声に、思わず透の頰も緩む。愛乃は普段どおりのブレザーの制服姿だけれど、とても可愛い。

とはいえ、透ははしゃぐどころではなく、緊張と恐怖で身がすくみそうだった。近衛家の人間と会うからだ。

二人の目の前には、近衛家の屋敷があった。巨大な和風の黒門は、透たちを威圧するようにそびえ立っている。

近衛家は、名古屋の巨大企業グループの経営者一族であり、そして、透の母の生まれた家でもある。

嫡流の近衛知香は、透の幼馴染だったし、かつては婚約者でもあった。両親が離婚した後の数年間、この屋敷に住んでいたこともある。

けれど、知香との婚約は破棄され、そして透は近衛家から追い出された。

知香を守ることができなかった透は、見捨てられたのだ。

生まれたときから、透は近衛家に支配されていた。透は思い知らされ、そして、近衛家を恐れ、近づかなくなった。

けれど、今、こうして愛乃と近衛家を訪れている。

もちろん、透と愛乃の婚約にまつわるいろいろな手続のためだ。

近衛家の意向による婚約なのだから、近衛家の人間と調整する必要がある。

といっても、法律上、婚約自体は、透と愛乃の二人の意思表示で成立してしまうらしい。

近衛家の秘書の冬華が教えてくれた。

「不思議だよね。わたしと連城くんは、もう婚約者なんだ」

ふふっと愛乃は楽しそうに笑う。その笑顔がとても可愛くて、透は思わず見とれ、そして、はっとした。

「ええと、とりあえず屋敷に入ろうか」

「……連城くん、もしかして、照れてる？」

「そ、そんなことないよ」

「ふうん」

透はいたたまれなくなって、歩き出す。一方の愛乃は、ちょっと嬉しそうな表情で、透の後をついてきた。

屋敷に入り応接室に案内されると、そこでは秘書で透の後見人の時枝冬華が出迎えてくれた。

玄関は日本家屋だったけれど、この応接室は洋風だ。

大正時代に作られたこの巨大な屋敷は、日本屋敷と日本庭園に加えて、洋館も備えている。

応接室はヴィクトリア朝風の豪華な作りで、大きなシャンデリアが輝き、高そうな赤い長椅子がある。

冬華はその下座側の長椅子に腰掛けていたけれど、透たちを見ると、ぱっと顔を輝かせて立ち上がった。

「いらっしゃいー、透くんー。久しぶりだねー。というか久しぶりすぎるよ、もっと会いに来てくれてもいいのにー」

冬華は間延びした、けれど、綺麗な柔らかい声でそう言った。

透とは昔から知っている仲だけれど、改めて見ると、冬華は本当に美人だ。

すらりとした長身で、モデルのような体型だった。長い髪を茶色につややかに染めている。

黒いパンツスーツがばっちりと似合っていて、スタイルの良さを引き立てている。

「すごい美人……」

隣の愛乃も、ちょっと気圧されたようにつぶやいている。愛乃も学校一の美少女だけれど、
冬華は高校生にはない、大人っぽさのあるカッコいい美人だった。

ただし、それは黙っていればのこと。話し始めると、にへらにへらとしたふやけた笑顔もあいまって、とても崩れた雰囲気になる。

それでも迫力のある美人なのが冬華のすごいところだし、話しやすいタイプでもあるのだけれど。

「ご無沙汰しています、冬華さん。といってもついこないだ、うちに来たじゃないですか」

透も一人暮らしをしているけれど、未成年だ。だから、後見人代わりの冬華がときどき近衛

家の代理で様子を見に来る。

　ぽんと冬華は手を打つ。

「そうそう。遊びに行ったね」

「遊びだったんですか……」

「あれ、つい本音が。透くんは、可愛いもの」

　ふふっと冬華が笑う。

「か、からかうのはやめてください」

「からかっているつもりはないんだけど」

　同じ言葉を、最近も誰かに言われたような気がする。

　それはさておき、冬華は透のことを弟のように扱ってくれている。

　透にとって、数少ない信頼できる相手でもあった。

　冬華が一歩、透に近づく。

　そして、急にぎゅっと抱きしめられた。透はどきりとする。すぐ近くに、冬華の顔が間近にあった。

「ふ、冬華さん……な、なにしてるんですか？」

「昔もこうやって抱きしめてあげたじゃないー」

「そ、そうですけど……」

　たしかに冬華は幼い頃から透を可愛がってくれていて、ハグしたりもときどきする。男としては見られていないということかもしれないけれど、悪い気はしなかった。

だが、愛乃の目の前でそんなことをされるのは困る。

冬華の柔らかい大きな胸が当たっていることに気づき、透は自分の頬が熱くなるのを感じた。

ちらりと、愛乃を見ると、愛乃はむうっと頬を膨らませている。

「冬華さん……あの……えっと……」

「恥ずかしがらなくていいのに」

「りゅ、リュティさんも見ていますから……」

早口で透が言うと、冬華はきょとんとした顔で、それからくすっと笑った。

ようやく冬華は、透を放すと、一歩後ろに下がり、そしてよそ行きの整った表情を浮かべた。

「はじめまして、愛乃・リュティさん。あたしが近衛家の秘書の時枝冬華です」

「え、えっと……あの、時枝さんは、連城くんとはどういう関係なんですか？」

「気になる？」

「はい。だって……わたしは連城くんの婚約者ですから」

愛乃は、白い頬を赤くして、青い瞳でまっすぐに冬華を見つめていた。

冬華は愛乃の質問に、くすりと笑った。

「ごめんね？　心配しないで大丈夫だよ。透くんはあたしの弟みたいなものだから」

「お、弟と抱きしめあったりしているんですか？」

「ただの挨拶だよ。それとも、リュティさんも透くんとハグしてみたりしたい？」

冬華は完全にからかいモードに入っていた。

愛乃の白い頬がますます赤くなっていく。

「べ、べつにそういうわけではないです」

「ふうん。本当に？」

「ちょ、ちょっとはしてみたいかも……」

「なら、今ここでチャレンジだよ。善は急げ！」

「え？」

透と愛乃は顔を見合わせた。そして、愛乃は恥ずかしそうに目を伏せる。

今ここで愛乃とハグするのは、かなりハードルが高い。

「できない？」

冬華が愛乃に追い打ちをかける。

愛乃はためらった様子で目を泳がせる。

透は助け舟を出そうとした。

「冬華さんは冗談大好きな人だから、リュティさんもあまり本気で考えなくていいよ……」

「あっ、ひどいなあ。あたしは、リュティさんの背中を押してあげているのに。透くんだって、リュティさんみたいな可愛い子のことを抱きしめてみたいって思うでしょ？」

「そ、それは……そうですけど」

透がそう言うと、愛乃がちらりと透を見て、そして、嬉しそうな、安心したような表情を浮かべた。

愛乃が数歩歩いて、透の正面に回り込む。

覚悟を決めたように、愛乃は透を、サファイアのような青い瞳で見つめた。その瞳が潤んでいて、どきりとする。

「えっと、あの……連城くんは嫌じゃない？」

「嫌なわけないし、むしろ……」

「何を言おうとしたの？」

「むしろ嬉しい気がする……」

透は恥ずかしくなってきた。ちらりと愛乃を見てしまう。

愛乃の小柄だけれど、可愛らしい体が目に入る。

もし抱きしめられれば、冬華のときと同じように、愛乃の胸が透に当たることになる。

（冬華さんほど大きいわけではないけれど、でもリュティさんのも……）

そんなことを考えていたら、愛乃が透の視線に気づいたのか、恥ずかしそうに両手で肩を抱いて胸を隠した。

「また、わたしの胸を見ていた？」

「そ、そんなことないよ」

「時枝さんの胸より小さいとか、考えていなかった？」

図星だったので、透は一瞬黙ってしまった。愛乃はすねたように頬を膨らませる。

「いいもの。わたしはまだ成長途中だから。大人になったら、もっと大きく……」

そこまで言って、愛乃は不安そうに上目遣いに透を見た。

「大人になったときも、わたしたち、一緒にいるのかな」

「それは……」

状況次第だった。愛乃との婚約は、あくまで愛乃を助ける手段だった。

愛乃の抱える問題が別の方法で解消できれば、愛乃との婚約はなかったことになる。

「わたしは……連城くんにわたしの成長を見ていてほしいな」

いつのまにか、愛乃は手で胸を隠すのをやめていた。

代わりに、両手を腕で組み、上半身を少しかがませ、透を見上げている。

まるで、胸を強調しているようだった。ブレザーと白いブラウスの上からでも、形の良い胸が見て取れる。

愛乃はふふっと笑った。

「やっぱり、わたしの胸を見てるんだ？」

「そうだね。ごめん」

仕方なく、透が認めると、愛乃はちょっと楽しそうな表情を浮かべた。

「謝る必要はないけど。むしろ嬉しいし……」

「え？」

「な、なんでもない！　でも、代わりに連城くんからわたしを抱きしめてくれる？」

さっきまでは、愛乃の方からハグするつもりだったらしい。

透としても、胸をつい見たり、冬華と比べたりした負い目がある。

それに、愛乃が勇気を出すよりは、男の透から行動した方が良い気もする。

「若いっていいねー」

などと冬華は無責任に、楽しそうにつぶやいている。

愛乃はといえば、どきどきした様子で、ぎゅっと目をつぶっている。まるでキスでもされるかのような緊張の仕方だ。

そういう透も、愛乃を抱きしめるのに、かなり緊張していた。本屋で倒れた愛乃を後ろから抱きしめたことはあるけど、あれは事故だ。

恋人のようにハグするなんて、今までは考えられなかった。

でも、もう透と愛乃は婚約者なのだ。

雰囲気的に、すでに引っ込みがつかなくなっていた。

透が愛乃の肩に両手で触れると、愛乃はびくっと震えて、身をよじった。そしてかあっと顔を赤くする。

「りゅ、リュティさん、肩を触っただけだから！」

「わ、わかってるけど、恥ずかしくて……ひゃうっ！」

透が愛乃の背中に手を回すと、今度は愛乃が悲鳴を上げた。透はどきどきする。

「連城くん……」

甘えるように、愛乃が透の名前を呼ぶ。

いつのまにか愛乃は目を開いていて、透を期待するように見つめている。その小さな赤い唇にキスしても、愛乃は受け入れてしまいそうな雰囲気だった。

もし何もなければ、実際にそうしていたかもしれない。

ところが――。

「へえ、楽しそうなことをしているのね」

冷たい声がした。

その場が凍りつきそうなほどの冷たさだ。

慌てて、振り返ると……そこには、近衛知香が立っていた。

透の幼馴染で、そして、この近衛家の当主の娘だ。

近衛知香は、凍えるような冷たい表情で、透と愛乃を黒い瞳で睨んでいた。

知香はすらりとした長身の美人で、だからこそ迫力がある。

透は愛乃の背中に手を回していて、抱き合う寸前という状態だった。

慌てて透は離れようとしたが、愛乃がぎゅっと透の手をつかんで、それを止めた。

「りゅ、リュティさん？」

「近衛さんに見られているからって、遠慮する必要はないよ。わたしたち、婚約者なんだもん」

「で、でも……」

絶対零度まで下がりそうな知香の表情を見て、透は怖くなってきた。

一方でしがみつく愛乃を振り払うことも、もちろんできない。

知香は透の元婚約者だけれど、もう、透に好意は持っていないし、むしろ嫌っているはずだ。

その知香に遠慮する必要がないのは、愛乃の言う通りだと思う。

ただ、知香が怒っているように見えるのは、なぜだろう？

「私が婚約者だったときは、抱きしめたりはしなかったくせに」

知香は小さな声でつぶやいた。

透はまじまじと知香を見つめ返した。

知香は急に顔を赤くして、透を睨み返す。

「なによ？」

「いや、別に……」

結局、人は他人の心の中はわからない。

透はいつも知香のことを理解できていたとは限らない。

ただ、知香の今の言葉は、透に「抱きしめてほしかった」という意味に聞こえた。

それは愛乃も同じだったようだ。

愛乃は透から離れると、まっすぐに知香に向き合った。そして、青い瞳で知香を見つめる。

「近衛さんは、ヤキモチを焼いているの？」

直球だったので、透はぎょっとして隣の愛乃の表情を見た。愛乃はとても純粋な、けれど真剣な表情で知香を見ていた。

部屋の隅の冬華も楽しそうに眺めている。とりあえず介入するつもりはないらしい。

「私があなたに嫉妬するわけないじゃない」

知香はそう言ったが、その表情には余裕がなかった。知香が焦っているような、不安そうな表情をしているのを、透は久しぶりに見た。

昔の病弱だった頃の知香と違って、今の知香は完璧超人だ。名家の娘で、成績優秀で、誰もが認める美少女。

何も恐れるものはないはずだ。

けれど、今の知香は何かに怯えているようにすら見える。

愛乃は透を見上げ、そして微笑む。

「ハグはまた後で大丈夫」

「いいの？」

「わたしと連城くんは婚約者だから、いつでもできるから。それに……近衛さんに悪いもの」

愛乃はふふっと笑う。

知香が怒り出すのではないかと心配になったけれど、知香はぐぬぬと悔しそうな表情で黙ってしまった。

けれど、やがて知香がくすりと笑う。少し悪役感のある笑い方だけれど、やっぱり笑うと知香は可愛い。

透が思わずどきりとする。

「でも、リュティさんは透と出会ったばかりだものね。一緒のお風呂に入ったりしたことはないんじゃない？」

「あ、あるわけないよ」

愛乃が想像したのか、頰を赤く染める。そして、愛乃がちらりと透を見る。

透も、愛乃の華奢な体を見て、一糸まとわぬ姿で一緒に入浴しているところを、想像してしまい、うろたえる。

知香はそんな二人の様子を見て、ちょっと不機嫌になったようで、けれど、すぐに笑顔に戻った。

「私はこの人と婚約者だっただけじゃなくて、同じ家に住んでいたわ。だから、一緒のお風呂に入ったこともあるの」

まるで切り札のように、知香は言う。

愛乃は愕然とした表情を浮かべ、敗北感に打ちひしがれていた。

（……何の戦いをしているんだろう？）

冷静に考えると、おかしなことになっている。

けれど、愛乃と知香は、完全に互いに対抗心をむき出しにしていた。

愛乃が透に詰め寄る。

「近衛さんと一緒のお風呂に入ったことがあるって本当？」

「あ、あるけど……子どもの頃のことだよ」

「それって何歳のとき？」

透の代わりに知香が口をはさむ。

「最後に一緒に入ったのは、小学六年生のときだっけ？」

「ええと、そうだったね」

透は仕方なくうなずいた。

愛乃はショックを受けたような顔をして、青い瞳を潤ませる。

「それって、もう二人とも十分、男の子と女の子だよね？」

「そうそう。透ったら、私のことをエッチな目で見ていたよね」

知香は楽しそうに、透を振り返る。

自然な形で「透」と名前で呼ばれてどきりとする。

婚約が破棄されてから、知香は透のことをずっと「連城くん」と名字で呼んでいた。

なのに、今は下の名前で呼び捨てにしたのは、無意識なのだろうけれど……。

「べつに近衛さんのことをエッチな目で見たりはしたことはなかったよ」

「嘘つき」

「本当さ」

「本当なら本当で、腹が立つかも」

知香は目を細めて、透を睨む。

そんなやり取りをする透と知香を、愛乃は涙目で見つめていた。

愛乃が突然、ぎゅっと透の腕をつかむ。

「や、やっぱり、ここでハグする！」

「え、ええ!?」

「それに、わたしも連城くんと同じ家に住んで一緒にお風呂に入るの！」

それは無理では、と透は言おうとして、愛乃が必死な表情なので、思いとどまった。

知香は「やってやった」という表情で、勝ち誇っている。

だが、すぐ次の瞬間に形成は逆転した。

それまで黙っていた冬華が、突然口を挟んだのだ。

「いいねー、それ。明日から透くんとリュティさんで、一緒のお風呂に入ったら？　裸の付き合いで、婚約者としての絆も深まるかも」

「「そんなことできるわけないじゃないですか」」

透と知香の声がハモる。そして、互いの顔を見て、恥ずかしくなり目をそらした。

疎遠になっても、ずっと一緒にいた幼馴染だ。だから、考えることは同じで、タイミングもかぶってしまった。

冬華は人差し指を立てて微笑む。

「できるよー。だって、透くんとリュティさんには、明日から一緒の家に同棲してもらう予定だからねー」

まるで当然のことのように、冬華は告げた。

「お、俺とリュティさんが同居するんですか!?」

「婚約者同士だから、『同棲』だよね？」

冬華がわざわざ言い直す。

だが、問題はそこではないと思う。愛乃も知香もびっくりして固まっている。

「住むといっても、どこにですか？」

「場所は近衛家が用意するからー。心配しないでー。豪邸よー」

「そ、そういう問題ですか。だいたい俺たち高校生で同居……同棲したら、不純異性交遊として学校を退学になったりしません？」

「大丈夫、大丈夫。近衛家が決めたことだし、あの学校は近衛家がたくさん寄付しているから」

「そんな無茶苦茶な」

「近衛家が黒を白といえば白になるし、白を黒と言えば黒になるのー」

とてもゆるい、ほんわかした口調で、冬華はとても悪の組織らしいことを言った。

実際、この街での近衛家の力は絶大だ。

そして、透と愛乃の婚約は近衛家の意向でもある。

たしかにそれなら問題にはならないのだろう。

「リュティさんのお母様の許可もとっているの。準備万端、順風満帆。明日から透くんとリュティさんには、同じ家でイチャイチャしてもらうから」

知香が慌てた様子だった。

「私はそんなこと聞いていません！」

「ご当主様の決定だよー、知香ちゃん」

冬華はにこにこしながら言う。次期当主の知香にも態度が変わらないところが、冬華のすごいところでもある。

知香は女子高生で、年齢を考えれば、敬語を使う方が不自然だけれど、冬華以外の大人たちは、みんな知香に敬語を使う。

それだけ、近衛一族の力は強い。

「今日はご当主様がいらっしゃらないから、知香ちゃんが代理だね」

「わ、私は……透とこの子の同居生活を伝えるために、呼び出されたんですか!?」

知香はショックを受けたようだった。近衛家の当主代理として、知香が俺たちに同居しろと命じることになる。

実質的には当主や、俺の後見人の冬華がお膳立てしたことではあるけれど。

それに、知香は何も知らされていなかったらしい。

知香はぐぬぬと美しい顔に悔しさを浮かべ、俺と愛乃を睨む。

「ふ、ふしだらなことをしたら、ダメなんだからね!?」

「しないよ……」

透がつぶやくと、知香は疑わしそうな目で透を見つめ返した。

「でも、透がこんな可愛い子と同じ部屋に住んでいたら――」

「手を出したくなっちゃうかも」

口を挟んだのは、楽しそうな愛乃だった。知香は頬を膨らませて、愛乃を睨みつける。

「冗談みたいに言ってるけど、あなたも気をつけないと」

「気をつける？　何を？」

「そ、その……エッチなことを無理やりされたりとか……」

知香は顔を赤くして、恥ずかしそうに言う。

そんな表情の知香を見るのは、透にとって、久しぶりだ。

愛乃は首をかしげる。

「連城くんはそんなことしないよ？」

「そんなわけない。男はみんなけだものだもの」

「そう？」

「いやらしい目で見られたりしなかった？」

知香の言葉に、愛乃はちょっと顔を赤くして「ええと……」とつぶやいた。そして、ちらりと透を見る。

たしかに、透は愛乃の胸を見たり、裸のところを想像したりしているので、弁解できない。

愛乃はいたずらっぽい笑みを浮かべた。

「そういえば、連城くん、わたしの胸を見て……わたしと子どもを作りたいって言ってたっけ」

知香がぎょっとした顔をする。さすがの冬華も驚いたように目を見開いた。

誤解だ、と透は言おうとしたけれど、知香は聞く耳を持っていなさそうだった。愛乃は愛乃で、きっと知香に対抗するためにわざと言っている。

「信じられない！　冬華さん、やっぱりダメです。透とこの子を一緒の家に置いておいたら、妊娠しちゃいますよ！」

冬華は「そうねー」と言って、ふふっと笑った。内心が読めない。

一方の愛乃は、青い瞳で、知香を挑むように見つめていた。

「でも、わたしはそれでもいいかなって思うの」

「え？」

「連城くんになら、何をされてもいいかなって。高校生で妊娠して、連城くんの赤ちゃんを産んでも……良い気がするの」

「だ、ダメに決まっているじゃない！」

「だって、わたしたち、婚約者だもの。いつかわたしは連城くんと結婚するの。近衛さんと、わたしは違うもの」

愛乃はそう言った。そして、透を振り向き、真っ赤な顔で、透を上目遣いに見た。

愛乃は透と高校在学中に子どもを作っても良いというとんでもないことを言い出した。

どこまで本気で愛乃が言っているかはわからない。

でも、愛乃は恥ずかしそうに頬を赤く染め、そして、透の右腕に両手でぎゅっと抱きついた。

そうすると、愛乃の手と胸で、透の右腕が包み込まれるような感じになる。愛乃の胸の柔らかさに透はどきりとした。

「りゅ、リュティさん……む、胸があたってる……」

「あ、当ててるの……」

愛乃は目を伏せて、小声で言う。

透はうろたえた。自分の頬が熱くなるのを感じる。

知香の様子をうかがうと、ほとんど泣きそうな顔で透と愛乃を睨んでいる。

知香が、透と愛乃の同居生活を快く思っていないのは明らかだった。

まして「女子高生のあいだに妊娠してもいいかも」なんていう愛乃の発言は、知香には許せなかっただろう。

知香が冬華に言う。

「冬華さんからも言ってください！　学生のあいだに妊娠なんてダメですよね!?」

「そうねー。避妊はちゃんとしないとねー」

冬華がのんびりとした口調で言う。知香はそれを聞いて、ますます顔を赤くした。

「そ、そうじゃなくて、高校生のあいだにそういう……え、エッチなことをすること自体、ダメでしょう!?」

知香の言葉に、冬華が「へええ」とつぶやき、にやりと笑った。

そんなへらりとした表情をしてもカッコいいのは、冬華が凄まじい美人だからだと思う。

「知香ちゃんは真面目だねえ。まあ、名家のお嬢様だものね」

からかうような口ぶりで冬華は言い、それから急に真面目な表情になり、透に向き合う。

「透くんー」

「な、何でしょう？」

「リュティさんのこと、大事にしてあげないとダメだよ？」

「わかっています。婚約者なんですから」

もちろん、透は愛乃と同居しても、手を出したりするつもりはないし、ましてや妊娠なんてさせるわけがない。

透と愛乃の婚約はあくまで手段で、二人は恋人なわけでもない。

同じ家に住んでも何も起きないし、何も起こさせない。

けれど、愛乃は透の言葉の意味を誤解したのか、嬉しそうな顔をした。

知香はむうと頬を膨らませていた。

「透とリュティさんの同居はお父様が決めたことだから仕方ないけど、でも、何かあったら、私が絶対に許さないから」

「許さないっていわれても……」

透が肩をすくめると、知香はカッとした様子で、透を睨みつけた。

「元婚約者だもの。私を差し置いて、透だけが幸せになるなんて——許せない」

透はそう言われて、動揺した。透は知香を裏切り、そして傷つけた。

今でも知香は透のことを憎んでいる。

知香はきっと心の傷からまだ立ち直れていない。

それなのに、透だけが愛乃と平然と婚約するなんて、たしかに知香からすれば許せないかもしれない。

透は知香に対する罪悪感で頭がいっぱいになりそうになった。

けれど、愛乃は透の腕をますますぎゅっと抱きしめ、大きな形の良い胸が透に密着する。知香ではなく、愛乃の存在を透は強烈に意識させられた。

そして、愛乃は知香を……睨みつけていた。

「わたしは連城くんには幸せになってほしいよ？　ううん、連城くんのことは……わたしが幸せにするの」

「あ、あなたに何ができるの？　透は——」

「連城くんのこと、近衛さんは『透』って呼ぶんだね」

愛乃に指摘されて、知香はようやく自分の失態に気づいたようだった。うろたえた様子の知香に、愛乃は静かに言う。

「近衛さんは、連城くんのこと、今でも好きなの？」

「ち、違う。そんなわけない！　私は……」

そこまで言って、知香は絶句した。

そして、顔を真っ赤にして、次の瞬間には、部屋から逃げ出していた。

冬華は「知香ちゃんも可愛いところあるよねえ」とつぶやくと、透たちに手を振り、知香を追いかけていった。

フォローしに行くつもりなんだろう。

こんな状況になったのは、透と愛乃を同居させるという話が原因なわけで、だいたい冬華のせいである。

透と愛乃は顔を見合わせた。

愛乃が知香を完全に撃退してしまった。

「近衛さん……行っちゃったね」

愛乃が小さくつぶやく。

「えっと、リュティさんは本当に……俺なんかと一緒の家に住んで大丈夫?」

「透くんだから、一緒の家に住んでみたいな」

愛乃はそう言って、柔らかく微笑んだ。そして、愛乃は青い瞳を楽しそうに輝かせる。

「でも、俺は男で……」

「婚約者だもの。一緒の家に住んだら、毎日でも抱きしめてもらえるよね？　それに、時枝さんが言ってたみたいな、一緒のお風呂に入るのもやってみたいかも」

愛乃は恥ずかしそうに、けれど甘えたような声でささやく。

今は透と愛乃は二人きりだし、どうにかなってしまいそうだ。

愛乃は透を期待するように見上げた。

「……これからはもっと恥ずかしいこともするんだものね？」

「そ、そんなことしないよ……」

「でも、わたしは……本当に、透くんの子どもを妊娠してもいいって、思ってるんだよ？」

愛乃はいたずらっぽく、くすっと笑う。

その頬は真っ赤で……透のことを潤んだ瞳で見つめていた。

☆

次の日は休日で、夕方ごろに、透と愛乃の二人は目的地に到着した。

二人は、小綺麗な一軒家の前に立っていた。

白い壁に、赤い屋根で、ちょっと目立つデザインだ。

新築の家で、二階建て。これが、透と愛乃の同棲生活のために、近衛家が用意した家だった。

荷物は後から送られてくるけれど、とりあえず今日からもうここに住むことになる。

二人とも、休みだけれど制服姿だった。急な引っ越しなので、手荷物を最小限にしようとした結果だ。

「二人で住むには少し広いかな」

透がつぶやくと、愛乃がくすっと笑う。そして、青い瞳で、上目遣いに透を見る。

「すぐに二人ではなくなるかも」

「……子どもを作ったりはしないからね」

「でも、子どもを作りたいって言ったのは、連城くんだよ？」

「言ってないよ。だいたい、リュティさんだって、そういうことをするのは、結婚してからって言ってたよね？」

「そうだっけ？」

「そうそう。俺もバカな男子なんだからさ、リュティさんはもう少し身の危険を感じたほうがいい気がする」

「あっ、連城くん、やっぱりそういうことしたいんだ？」

ふふっと愛乃が笑い、そして言ってから恥ずかしくなったのか、頬を赤く染める。

透も自分が赤面するのを感じた。

「と、とりあえず、入ろうか」

透が早口で言うと、愛乃もこくこくとうなずいた。

少し緊張する。

まるでＲＰＧのダンジョンにでも挑むかのような感覚だ。

透が鍵を開けて、そして玄関の扉を開けて、愛乃を招き入れる。

「ありがとう……連城くんは優しいね」

「普通のことだよ」

「そうかな」

玄関の壁のスイッチを押して、明かりをつける。

ＬＥＤの電灯だ。

玄関もおしゃれで上品な雰囲気だった。高校生カップルには贅沢な家な気もする。

とはいえ、大財閥の近衛家が用意した家だから金がかかっているのは当然だし、そもそも透と愛乃は婚約者であっても、カップルではないのだけれど。

愛乃は廊下に立つと、ふふっと笑った。

「一度やってみたかったの」

「何を？」

「あのね……ごはんにする？　お風呂にする？　それともわたし？」

愛乃がサファイアのような瞳をいたずらっぽく輝かせる。

透はどきりとした。

冗談で言っているとわかっていても、愛乃のような絶世の美少女に言われると、うろたえてしまう。

透は頬が熱くなるのを感じながら、冷静になろうと努めた。

「ご飯は材料がないし、お風呂だって沸いていないよね？」

「そうだね。準備していないから……じゃあ、やっぱり『わたし』にする？」

「もし俺がそうするって言ったら、どうするの？」

思わず、透はそう返してしまい、しまったと思う。

「えっと、それは……」

「ご、ごめん。困らせるつもりも、セクハラするつもりもなくて……」

「う、ううん。わたしが言い出したことだもの。それに……連城くんがしたいなら……『わたし』にしてもいいんだよ？」

愛乃にそう言われて、透はますますうろたえてしまった。

愛乃の華奢な体を、透は見つめて、そして色々と想像してしまう。

これから、この金髪碧眼の可憐な少女と、一つ屋根の下で、二人きりで暮らすことになる。

気をつけていないと、本当にどうにかなってしまいそうだ。

透は首を横にぶんぶんと振り、「何もしないよ」と愛乃に言う。

愛乃はちょっと残念そうに、透を見上げる。

ともかく、話題を変えよう、と透は思った。

「えっと、とりあえず家の中を見て回ろうか。部屋とか荷物とか、どうするかを決めないといけないし」

「そ、そうだね」

透と愛乃は自然と階段を登った。なんとなく二階から見ておこうと思ったのだ。

二階の部屋を開けると、そこは寝室だった。

真っ先に寝室を見ることになり、間が悪いと透は思う。

これでは、まるで透が愛乃を連れ込んだみたいだ。「わたしにする?」発言の直後でもあり、気まずい。

でも、愛乃はあまり気にした風もなく、部屋を見て、「おしゃれだね!」と喜んでいる。

たしかに、上品な寝室だ。内装も家具も高級そうだった。

ただし、問題が一つある。

「これって……ダブルベッド……」

透はつぶやき、嫌な予感がした。

もしかすると、この家には寝室が一つしかないのではないだろうか。慌てて透は二階と一階を確認したが予想通りだった。

つまり、透と愛乃は、同じベッドに一緒に寝ることになる。

透が寝室に戻ってくると、愛乃はベッドの上に腰掛けていた。

「連城くん……どうしたの?」

愛乃が、首をかしげる。その仕草が可愛くて、透は思わず見とれた。制服のスカートの下から、ちらりと白くて細い脚が見えている。

透が邪念を払い、事情を説明すると、愛乃は「あっ」とつぶやいた。

それから、愛乃は少し嬉しそうに、頬を緩める。

「婚約者だもの。一緒のベッドでも……当然だよね?」

「で、でも、そういうわけにはいかないような……」

「連城くんは、わたしと一緒に寝たくない？」

愛乃は瞳を潤ませて、期待するように透を見上げた。

その白い頬は真っ赤になっていた。

「連城くんは、わたしと一緒に寝たくない？」

ベッドに座っている愛乃は、もう一度そう言って微笑んでいる。

透は狼狽した。

いくら婚約者だからといっても、さすがにそれはまずい気がする。付き合っているわけでもないのに。

「えっと、俺たちは未成年だし、なにかあったら……」

「連城くんはわたしが一緒のベッドだと嫌？」

「嫌ってことはなくて、むしろ嬉しいけど……」

透は思わず本音を言ってしまい、しまったと思う。愛乃みたいな美少女が、自分の隣にいたいと思ってくれることは、嬉しいことだった。

愛乃は透を信頼してくれていて、必要としてくれている。知香と近衛家に見限られてから、そんなことはずっとなかった。

だから、愛乃がそう言ってくれるのは嬉しい。嬉しいのだけれど……。

愛乃はぱっと顔を輝かせる。

「わたしは連城くんと一緒に寝たいし、連城くんもわたしと一緒に寝たいなら、何も問題はないよね？」

「そ、それは…」

愛乃があまりにも積極的なので、透はたじたじとなってしまう。愛乃も自分でも恥ずかしくなったのか、目を伏せた。

そして、小声でささやく。

「あのね、わたし……夜、眠れないことが多いの」

「そうなんだ」

「睡眠薬は飲んでるんだけどね。わたし……たぶん、一人でいるのが不安なの」

愛乃は母親とも上手くいっていないようだし、学校でも一人でいる。

ずっと孤独で、そして、繊細な性格でもあるようだった。

不眠症だと聞いても、それほど不思議ではない。

「だからね、もしかしたら、連城くんが隣にいたら……安心して眠れるかもしれないと思ったの。ダメかな？」

透は迷った。

同じベッドで寝るなんて問題だと思っていたけれど、愛乃はそれを望んでいる。

そして、透は愛乃の力になると約束した。

透は考えて、うなずいた。

「じゃあ、同じベッドで……寝よう」

「いいの!?」

「もちろん。ああ、えっと、変なことをしたりはしないから」

「別にしてもいいんだよ？」

愛乃はいたずらっぽく、嬉しそうに青い瞳を輝かせた。

透は恥ずかしくなって、目をそらす。

話題を変えることにした。

「ええと、夜ご飯は出前を取ることにするとして……」

当座の生活費は、近衛家から潤沢に支給されている。

そういう意味では、心配はいらない。

「なにを食べよう？」

「リュティさんの好きなものでいいよ」

「ありがとう」

愛乃は優しく微笑んだ。

結局、二人で話し合って、無難にピザを頼むことにした。

愛乃がぽんと手を打つ。

「あとね、近衛さんの前でも言ったけど……一緒の家に住んだら、もう一つ、してみたかったことがあるの」

「俺にできることなら、なんでもするけど」

透が言うと、愛乃はうなずき、口を開きかけた。

けれど、愛乃は首をかしげて、考え込む。ふわりと金色の髪が揺れる。

(どうしたんだろう……?)

愛乃はくすりと笑った。

「やっぱり、秘密」

「ええ!? どうして?」

「だって、言ったら絶対、真面目な連城くんは反対するもの」

「俺が反対するようなことなら、しないでほしいな」

「だ、大丈夫……きっと連城くんも喜んでくれるから。それに、すぐにわかるよ」

愛乃はとびきりの笑顔で、透に言った。変なことを考えている気がする。

でも、その笑顔がとても可憐で、可愛くて、透はそれ以上、追及するのを諦めてしまった。

愛乃の言う通り、その日の夜には、愛乃が何をするつもりだったか、思い知らされることになった。

☆

透は風呂につかり、ぼんやりと壁を眺めていた。

一日があっという間に終わった気がする。

透と愛乃が同棲生活をスタートした一日目は、もう夜になっていた。浴場の壁の時計は午後十時を指している。

近衛家が、透と愛乃の同棲生活に用意した家は、かなりの豪邸だった。

円形の浴槽は、大理石かなにかで作られているような立派なもので、余裕で四人ぐらいは入れそうな広さだ。

そんな風呂を独り占めしているのだから、かなり快適だった。

こんな贅沢な浴場が用意されているのは、透と愛乃が二人で入れるようにしているかもしれない。

(まあ、さすがにそんなわけにはいかないけれど……)

透は心のなかでつぶやき、そして、愛乃の発言を思い出す。

愛乃は知香に対抗心を見せていた。

そのせいだとは思うけれど、女子高生のうちに透の子どもを妊娠してもいい、なんてとんでもないことを言い出した。

しかも、透と同じベッドで寝たい、と言って、透も流されてそれを認めてしまった。

(お、俺が気をつけないと……)

下手をすると、本当に透が愛乃を妊娠させてしまいかねない。

この家には、透と愛乃しかいない。

透が理性を失えば、誰も止められないのだ。

透が悶々としていると、突然、浴場の扉が開いた。

この家には二人しか住んでいないので、当然、そこに立っているのは、愛乃だった。

愛乃は恥ずかしそうな表情で、バスタオル一枚のみを羽織っている。

「りゅ、リュティさん!?」

「えっとね、してみたかったことを、やりに来たの」

「ど、どういうこと？」

「近衛さんの前で、わたし、言ったもの。同棲したら、透くんと同じお風呂に入ってみたいって」

そう言われれば、そんなことを言っていたような気がする。

愛乃がさっき言っていた「してみたかったこと」は、これのことだったのか。

たしかに、事前に聞かされていれば、透は反対したと思う。

(ベッドの中で何もないようにするだけでも大変なのに、風呂場でも緊張しないといけない……！)

愛乃の胸の膨らみが、制服を着ているときよりも、はっきりと見て取れる。バスタオル姿だから当然ではあるけれど。

金髪碧眼の美少女が、タオル一枚なくせば裸という姿なのは、透には刺激が強すぎた。

「え、えっと、あまり見つめられると、恥ずかしいかな」

愛乃は頬を赤くして、小声で言う。

透は慌てて後ろを向いた。

「ご、ごめん」

「う、ううん。えっとね、連城くんが、わたしに興味があるのは……嬉しいな」

愛乃は弾んだ声で、透の背後から言う。

やがて、シャワーの水音がした。愛乃が体を流しているのだと思う。

シャワーの音はすぐに止まり、小さな足音がして、やがて浴槽の水がぱしゃっと音を立てる。

「連城くん……わたしも入っていい？」

「ダメって言っても、リュティさんは入るんだよね？」

透が諦めたように言うと、愛乃がくすりと笑い声を立てた。

そして、腰を下ろし、透の隣にぴったりくっつくように、浴槽の中に座った。

どきりとして、透は愛乃を見る。愛乃は青い瞳で、透を見つめ返した。

「連城くんは、わたしにこういうことをされて嫌？」

「その質問はずるいな……。嫌なわけないけれど……俺が冷静でいられる自信がない」

「わたしに手を出しちゃう？」

「わかってるなら、こういうことをしないでほしいなあ」

「わかっているから、こういうことをするの。わたしは……連城くんに何をされてもいいんだよ？」

そして、愛乃は小声で、いたずらっぽくつぶやいた。

透はものすごく動揺した。

どうやったら、この状況を無事に切り抜けることができるだろう?

透は、愛乃をどうこうする勇気はなかった。透は愛乃の力になると約束した。だから、形だけの婚約者になった。

でも、愛乃のすべてを受け入れて、この先も愛乃を守っていく自信も力も透にはなかった。

なのに、愛乃は透にすべてを委ねてもいいと言う。

それぐらい信頼されて、必要とされていることが嬉しくて、透は矛盾した気持ちに悩まされた。

この場で透は愛乃に何をしても許されてしまう。周囲の状況も、そして愛乃自身もそれを認めている。

けれど……。

湯船のなかで、愛乃の小さな手が透の手に重ねられる。まるで恋人のように。

「連城くんの望み通りにしてほしいな」

そして、愛乃は透の耳元で、甘い声でささやいた。

バスタオル一枚姿の愛乃が、透と同じ湯船の中にいて、すぐ隣に座っている。

そして、透にならを何をされてもいいと、悪魔のような、魅力的な提案をささやいていた。

「連城くんが望むことが、わたしの望みだもの」

愛乃が甘えるように、そう言う。

透は焦った。

このままでは愛乃に流されてしまう。その提案を聞いたら最後だ。

湯船のなかで、二人きりという状況なのだから。

ブレザーの制服姿で、お腹を大きくして、「透くんの子どもだよ？」と微笑む愛乃を想像してしまう。

透はくらりとめまいのするような感覚に襲われた。

そうなるわけにはいかない。

（……でも）

愛乃は、透にそうしてほしいと望んでいる。何をしても、愛乃は受け入れてくれる。

そして、透は、愛乃に言ったとおり、健全で馬鹿な男子高校生なのだった。

透も、愛乃のような可愛い女の子に興味がないといえば、嘘になる。

周囲の状況も、それを認めている。透と愛乃は婚約者なのだから。

原因を作ったのは愛乃で、愛乃がそうしていいと言っているんだから、何も遠慮する必要はない。

「えっと、本当にしてもいい？」

「う、うん……連城くんが望むなら」

愛乃は湯船のなかで、顔を真っ赤にして透を見つめていた。

水分を吸収したタオルが、ぴったりと体に張り付いていて、体のラインが明らかになっている。

金色の流れるような髪も、愛乃の体にかかっていた。

愛乃がくすっと笑う。

「連城くんがわたしの胸を見る目……エッチだね」

「そういうふうにさせたのは、リュティさんだよ」

「うん……そうだね」

愛乃は緊張したように、深呼吸した。

透はどきりとした。

(どうしてこんなことになったんだろう……？　やっぱり、問題があるのでは……？)

透の理性がそう問いかけるが、もはや、ほとんど意味はなかった。

「ど、どうぞ……連城くん。好きにしていいよ？」

愛乃は恥じらうように、青い目を伏せた。その仕草は、あまりにも可愛くて……。

自分の無力も、愛乃に対する責任感も、守ってあげたいと思ったことも、すべて忘れそうになる。

でも、それで良いんだろうか？

透の脳裏にそんな考えがよぎる。

透は愛乃のタオルにそっと手をかけようとし――

「ご、ごめん！」

透がいきなり立ち上がると、愛乃はあっけにとられた様子だった。

そして、透はそのまま風呂場から逃げ出してしまった。

（やっぱりそこまでの覚悟は決められないよ）

ヘタレと言われてもかまわない。それでも、透は愛乃を傷つけることが怖かった。

脱衣所へ続く扉を開けて、ぴたりと閉める。

「もうっ。連城くんったら……わたしは本当に何をされてもいいのに」

そんなふうに、背後から愛乃が優しく言ってくれたのが救いだった。

☆

透は、愛乃と無事に何もないままお風呂から上がった。

（いや、一緒に風呂に入った時点で何もなかったとは言えないけれど……）

後少しで理性を失って、愛乃のバスタオルを奪って、襲ってしまうところだった。

何もしなかったとはいえ、やましい目で愛乃を見てしまった。

「わたし、男の子と一緒にお風呂に入っちゃったから、もうお嫁には行けないね？」

愛乃がいたずらっぽくささやき、透はどきりとする。

愛乃は薄手のピンクのネグリジェを着ていた。

寝室のベッドの上に腰掛け、白い足をぶらぶらさせている。

透は立ったまま、愛乃の艶やかな湯上がり姿を見て、どきりとする。

「でも、わたしは連城くんのお嫁に行けるものね？」

愛乃は小声で言う。

透はますますうろたえ、頬が熱くなるのを感じた。そういう愛乃も顔が赤い。

「婚約者だから、そ、それはそうだけど……そもそも、お嫁にいけないようなことは、していないよ……」

「エッチな目でわたしのことを見ていたくせに。……興奮した連城くんは、ちょっと可愛かったかも」

愛乃はふふっと笑う。

そして、愛乃はぽんぽんとベッドの上を叩いた。愛乃のすぐ隣だ。

「連城くんも座ってもいいんだよ？」

「ああ、えーと……」

「もしかして、わたしのことを意識して、恥ずかしがってる？」

「意識させるようなことを、リュティさんがするからだよ……」

「そっか。わたしが連城くんを恥ずかしがらせてるんだ……ちょっとうれしいかも」

愛乃はふふっと嬉しそうな顔をした。

そんな可愛い笑顔をするのは、反則だ。

その笑顔を見ていると、愛乃の願いはすべて叶えたくなってしまう。

透はそっと愛乃の隣に腰掛けた。

どのみち、愛乃と一緒のベッドで寝るのだから、隣に腰掛けるぐらいで恥ずかしがってるわけにはいかない。

とはいえ、ふたりとも寝間着姿で、ベッドに並んで座っていると、完全に恋人同士のような雰囲気になる。

透が隣の愛乃をちらりと見ると、ネグリジェ姿の愛乃はきれいな肩が露出していて、胸の上の方と谷間も見えている。

透の視線に気づいたのか、愛乃が顔を赤らめる。

「ご、ごめん」

「連城くん……やっぱりエッチな目でわたしのことを見ているよね」

「いいの。だって、そのために、わたしはこのネグリジェを選んだんだもの」

愛乃の言葉に、透は驚いて愛乃の青い瞳をまじまじと見つめた。

恥ずかしそうに、愛乃が視線を外す。

つまり、愛乃は透を……誘惑しようと思って、そういう寝間着を選んだということだろうか。

「に、似合ってるかな？」

「す、すごく可愛いと思うけど……」

金髪碧眼のスタイル抜群の美少女が、薄手のネグリジェのみを羽織っているというのは、透にはあまりに刺激が強すぎた。

もっとも、普通のパジャマでも、愛乃は可愛いと思うけれど。

愛乃が嬉しそうに微笑む。

「良かった……連城くんに可愛いって言ってもらえるのが、一番嬉しいもの」

そして、愛乃がそっと透の手に、小さな手を重ねる。その手の温かさに、透はうろたえた。

「りゅ、リュティさん……」

「連城くん……すごくどきどきしてる」

「リュティさんのせいだよ……」

「わたしがエッチだから？」

「リュティさんが可愛いから」

透がそう言うと、愛乃もどきりとした様子で目を泳がせた。

「わ、わたしのせいで、連城くんがどきどきしているなら……嬉しいな」

愛乃は恋人のように透の手の指に、自分の指を絡めた。

そして、甘い声でささやく。

「婚約者がベッドの上ですることと言ったら、一つしかないよね？」

「眠ること、だよね？」

透がわざとそう言うと、愛乃は頬を膨らませて、透を睨む。

そんな表情をしても可愛いなあ、と透は思ってしまう。

「連城くんの意地悪。もう一つあるよね？」

愛乃が甘えるように、透の肩にちょこんと頭を乗せ、しなだれかかる。

その金色の髪がふわりと揺れた。

「リュティさん……あまりそういうことをされると……嬉しいけど……本当に襲ってしまいそうになるから……」

「連城くんがそうしたいなら、襲ってくれてもいいんだよ？　……お風呂の続き、ここでする？」

愛乃は透に体重を預けたまま、小さな声で透に問いかけた。

ベッドの上、透の隣に、薄手のネグリジェ姿の愛乃が座っている。互いの手も恋人繋ぎのように絡めていた。

そして、愛乃は透に恋人のようにしなだれかかり、青い瞳で透を上目遣いに見つめていた。

愛乃は、襲ってもいいと言ったが、そんなわけにもいかない。

透がそう言うと、愛乃は微笑んだ。

「連城くんは真面目だよね」

「そういうリュティさんは積極的だね……」

「そうかな。あのね、わたし、連城くん以外にはこんなことさせていいと思ったことなんてないよ？　男の人は苦手だし……」

「俺も男なんだけど……」

まるで男扱いされていないようで、透にはちょっとショックだった。

愛乃はくすっと笑う。

「連城くんが男の子なのは知っているよ。わたしのこと、何度もエッチな目で見ていたもの」

「それは……うん、ごめん」

愛乃が胸を押し当てたり、裸同然の姿で一緒の風呂に入ったりしたせいとはいえ、事実だった。

愛乃は優しい笑みを浮かべる。

「謝る必要なんて、全然ないよ。だって、連城くんは例外で……わたしにとっては特別だもの。だから、キスをするのも、え、エッチなことをするのも……初めては連城くんがいいなって」

そう言って、愛乃は透に甘えるようにささやいた。

特別な存在と言われて、透は思わずくらりとするほど、嬉しくなった。

両親は離婚して透に何の関心も持たなくなっていたし、かつて透に期待していた近衛家も知香も、透をいらない存在として切り捨てた。

学校でも透は自分の居場所を見つけられないままだった。

そんな透のことを、金髪碧眼の美しく優しい少女が必要としてくれている。

透はそっと愛乃の肩に手をかけた。愛乃がびくっと震え、「連城くん……」ときれいな声で透の名前を呼んだ。

そのまま、透は手に力を入れて、優しく愛乃の肩を押す。

「あっ……」

愛乃が小さな吐息をもらす。

愛乃は仰向けに倒れ、その弾みに大きな胸が揺れた。ネグリジェが乱れ、胸元も際どい感じになっているし、裾がめくれ、白い脚も露わになっている。

そして、透は深呼吸して、愛乃の華奢な体の上に覆いかぶさる。

愛乃は顔を真赤にして、恥ずかしそうに両手で胸を隠している。

そして、愛乃はぎゅっと目を閉じて、ささやく。

「わたしのこと……連城くんの好きなようにしていいよ？」

押し倒された愛乃の体は、透に支配されることを待ち望んでいるかのようだった。

勢いと流れで、愛乃をベッドの上に押し倒してしまったけれど、この後、透はどうすれば良いかわからなかった。

愛乃はぎゅっと目をつぶって、何をされてもいいと言っていた。

薄手のネグリジェ姿の愛乃は、とても綺麗だった。

もし、その小さな赤い唇に突然キスしたら……。

愛乃は驚き、そして喜んでくれるだろう。

愛乃は「初めてのキスは連城くんとがいい」とまで言っていた。

（でも、キスして良いかといえば……）

まだ、透は愛乃に告白すらしていない。順番が無茶苦茶だった。

最初に婚約して、次に同棲して、一緒にお風呂に入って……。

なら、今からでもちゃんと順番通りにやればいい。

透が愛乃に告白して、愛乃が受け入れてくれたらキスをする。そして、次の段階へ進む。そうすれば良いのだ
(でも、俺にはその勇気がない)

愛乃に拒絶されたら、愛乃を傷つけてしまったら、と考えると、透は一歩を踏み出すことができなかった。

知香を失望させた自分が、愛乃を失望させないとどうしていえるのだろう？　それに、透は愛乃のことを本当に好きなのか。

愛乃も家の事情で透との婚約を受け入れ、そして透との関係に積極的だけれど、本当に透のことを好きなのだろうか？

透が愛乃を本当に大事に思えるときになって初めて、透は愛乃にそういうことをする資格があるだろう。

なのに、今、雰囲気に流されて、愛乃をベッドの上に組み敷いて、その上に覆いかぶさっている。

透が悶々としていると、愛乃が右手でそっと透の頬を撫でた。その手の柔らかさに、透はどきりとする。

そして、愛乃は透の内心を見透かしたかのように、青い澄んだ瞳で透を見つめていた。

「あのね、連城くんがわたしのことを大事にしてくれているのは知っているの。でも……複雑なことを考えなくてもいいんだよ？　連城くんのしたいように、わたしのしたいようにすればいいと思うの」

「でも、仮にそうして、例えば、本当にリュティさんが……そ、その……妊娠しちゃったら、困るのはリュティさんだ」

「わたしは困らないよ？　そうなったら、きっと連城くんが守ってくれるもの」

そう言って、愛乃は柔らかく微笑んだ。

現実的な話をすれば、透と愛乃の婚約は大財閥の近衛家の意向によるものだから、仮に愛乃が女子高生のまま妊娠しても、近衛家の権力で、学校のこともお金のこともなんとかなってしまうかもしれない。

もちろん、愛乃を妊娠させないように、そういうことをすることもできるし、そうするべきだろう。

だけど、問題の本質はそこにはない。

そうなったら、もう引き返せない。ガラスのように繊細で美しい愛乃が、傷ついてしまうことが、透には一番怖かった。

透が固まっていると、愛乃が寂しそうにささやく。

「何もしてくれないの？」

透は困った。たしかに、押し倒したのは透だ。

それで何もしないというのも、雰囲気的に引っ込みがつかない。

よく考えると、透と愛乃はベッドの上で密着しているし、愛乃の大きな胸の谷間は、透を誘うように魅惑的だった。

愛乃の右手が透の頬から動き、透の腕を軽くつかんだ。

そして、愛乃は、透の左手を引っ張って自分の方へと寄せた。透は完全に愛乃に覆いかぶさる形になって、そして、顔と顔もすぐそばにあった。

あと少しの距離でキスできてしまうほどに。

愛乃の大胆な行動に、透はどきりとする。

愛乃は挑発するように、サファイアのような瞳を輝かせていた。

そして、いたずらっぽく、くすっと笑う。

「わたしは連城くんがわたしのことをエッチな目で見てくれることが嬉しいんだよ？」

愛乃がここまでしてくれているのだから、透も勇気を出さないわけにはいかない。

透は深呼吸する。

「えっと……リュティさん、体に触ってもいい？」

愛乃はぱっと顔を輝かせると、こくりと恥ずかしそうにうなずいた。

透は、愛乃の金色の髪をそっと撫でてみた。愛乃は微笑む。

「体に触るって言って、髪を触るの？」

「だ、ダメだったかな？」

「ううん。嬉しいけど……でも、お尻でも胸でも好きなところを触ってくれてもいいのに？」

愛乃が頬を赤く染めて、小声で言う。

思わず、透は手を止めて、愛乃の胸を見てしまう。薄手のネグリジェは、愛乃の胸の形をはっきりと見せつけていた。

愛乃が青いサファイアのような瞳で、いたずらっぽく透を見つめた。

「連城くんの目が、わたしのおっぱいに釘付けだね」

「そう言われると恥ずかしいな……」

「でも、事実でしょう？　……やっぱり、わたしの胸って大きい？」

「そ、そうだと思うけど……でも、比較する相手がいないから」

そう言うと、愛乃は嬉しそうにぱっと顔を輝かせた。

「そうだよね！　連城くんは、近衛さんや桜井さんの胸を触ったりしたことはないんだものね？」

「リュティさんの胸だって触っていないよ！」

「でも、これから触ってくれるんでしょう？　わたしだけが特別で、連城くんにエッチなことをしてもらえるんだよね？」

「あ、リュティさんは婚約者だから」

ふふっと、愛乃は誘惑するような、魅惑的な笑みを浮かべた。

透は思わず愛乃のネグリジェの胸元に手を伸ばす。愛乃がびくっと震え、目を閉じた。

「いいよ。連城くんにだったら、どこを触られたって、恥ずかしいことはないもん。だから、わたしをもっと連城くんの特別な存在にしてほしいな」

そして、愛乃は透に甘えるように続きをねだった。

愛乃は、これ以上のことをしても……最後までしても、受け入れてしまうと思う。

透も覚悟を決めるべきなのかもしれない。透が愛乃に手を伸ばし、その体の柔らかい部分に触れても、愛乃は許してくれるだろう。

いや、喜びさえしてくれるのかもしれない。

けれど。

透は手を引っ込め、そして、愛乃の金色の髪をそっと撫でた。

愛乃は不思議そうに透を見つめる。

「連城くん？」

「えっと……ごめん。俺がいっぱいいっぱいで……これ以上は……」

もちろん、健全な男子高校生として、目の前の美少女を好きにしてしまいたいという欲望はある。

けれど、同時に、これ以上先に進む勇気も、透にはなかった。女の子とこういうことをするのは、透は初めてで、慣れていないのだ。

透にとって、愛乃は壊れやすい宝石のようなもので、自分の手でそれを壊してしまうのが怖かった。

臆病な透に、愛乃は失望するかもしれない。

だが、愛乃は優しく微笑み、胸をはだけたまま、透の背に手を回し、ぎゅっと透を抱きしめる。

二人はベッドの上で密着する格好になる。ぎゅっと抱きしめられて、愛乃の体の柔らかさを感じ、頬が熱くなるのを感じた。

「リュティさん……!?」

「……焦らなくてもいいよね、今日はこれで許してあげる。代わりにね、お願いがあるの」

「な、なに？」

「下の名前で呼んでほしいな。わたしたち、婚約者だもの。いつまでも他人行儀なのは嫌だよ？」

「えーと、でも……」

「聞いてくれないと、放してあげない」

このまま、ずっと密着されたら、透はどうにかなってしまいそうだ。

透は降参した。

「わかったよ、愛乃さん」

「呼び捨てでもいいのに。でも、ありがとう……透くん」

透は下の名前で呼ばれて、どきりとする。まるで恋人のように、愛乃はその名前を甘く発音した。

そして、愛乃はいきなり、ちゅっと透の頬にキスをした。その柔らかい感触はとても心地よかった。

透がびっくりしていると、愛乃はいたずらっぽく、恥ずかしそうに微笑む。

「次はね、透くんが、わたしの唇にキスしてくれるように……頑張るから」

愛乃はそう言って、幸せそうに透に身を委ねていた。

いずれ、透は愛乃なしではいられなくなるかもしれない。そのぐらい、愛乃が大事な存在になってしまうのが怖かった。

失うことの恐怖と絶望を、透はよく知っていた。

でも、今は……そんな心配より重要なことがある。

目の前の愛乃のことが、透には愛おしかった。

「俺も、愛乃さんのことを守れるように、頑張るよ」

そして、透は愛乃を抱きしめ返し、その金色の美しい髪をそっと撫でる。

愛乃はとてもうれしそうな表情を浮かべ、透にますますぎゅっと抱きついていた。

「やっぱり、透くんのことを感じていたいな。このまま一緒に寝たらダメかな？」

「だ、抱きしめあったまま？」

「うん。ど、どうかな？」

愛乃は恥ずかしそうに透に尋ねた。下の名前で呼ぶのは交換条件だったはずだけれど、透は結局ダメとは言えず、うなずいてしまう。

「良かった」

愛乃がささやくようにつぶやく。透は恥ずかしくなって、部屋の明かりを消した。

「おやすみなさい、透くん」

「えっと……おやすみ、愛乃さん」

そうは言ったものの、腕の中に愛乃の華奢な体を抱きしめた状態で、透は冷静ではいられなかった。

ただでさえ、愛乃の胸を触った直後なのだから、興奮して寝付けない。

けれど、愛乃はすぐにすやすやと寝息を立て始めた。

眠ってしまったみたいだ。

不眠症で薬も飲んでいると言っていたのに、あっさりと愛乃が眠ってしまい、透は拍子抜けする。

透がいれば安心して眠れるかもしれない、という愛乃の言葉は、本当だったわけだ。

そのぐらい、愛乃は透のことを信頼してくれているらしい。

それは愛乃の裸を見たり、胸を触ったりすることよりも、透にとっては嬉しいことだった。

愛乃は透のことを必要としてくれている。

それがいつ終わるかはわからないけれど、でも、今の透は愛乃の婚約者だった。

そうであるかぎり、透も愛乃の信頼に応え、愛乃の力になりたい。

「んっ……透くん……」

愛乃が寝言を小さくつぶやく。
透は愛乃の体にそっと手を伸ばす
そして、そのきれいな金色の髪を優しく撫でた。

☆

目の前にはブレザーの制服姿の愛乃がいる。

今は朝の七時半。

そして、透も制服姿で、同じ家の一階のリビングにいた。二人で食卓について、昨日コンビニで買ってきた朝食を食べているのだ。

おにぎりと、インスタントの味噌汁をはふはふと愛乃は可愛らしく食べている。

昨日の夜は愛乃と一緒のお風呂に入って、同じベッドで寝たことを思い出し、顔が熱くなる。

(そ、それ以上のことは何もしなかったけれど……)

一方の愛乃は幸せそうに、透を見つめている。

「こうしていると、家族って感じがするよね」

「たしかに」

透は素直にうなずいた。近衛家を追い出されてから、透は一人暮らしが長かった。

こうして、誰かと朝ごはんを食べるなんて、久しぶりだ。

愛乃は微笑む。

「明日からはわたしが朝ごはん作ってあげよっか？」

「え、リュティさんが？」

「呼び方は『愛乃』、でしょう？」

「そうだったね、愛乃さん」

透が名前を呼ぶと、愛乃はくすぐったそうに、でも嬉しそうに笑った。

名前で呼ぶと、たしかに距離感が縮まった感じがする。

「愛乃さんって、料理できるの？」

「えっと……頑張れば、できると思う」

つまり、あまり料理したことはないということだった。

愛乃も基本的にはお嬢様育ちだし、無理もない。

透は思わず、くすっと笑った。

「俺がやろうか。割と慣れているし」

「そうなの？」

「まあね」

一人暮らしの経験があるからでもあるけれど、それ以上に、透は小学生の頃、近衛家の屋敷の専属料理人に可愛がってもらっていた。

透が料理に興味があると知って、彼女は喜んで透にいろいろと教えてくれた。今思うと、それはけっこう本格的なものだったと思う。

近衛家の屋敷では、その料理人の女性はかなり暇だったから、彼女にとっては退屈しのぎだったのかもしれない。

秘書の冬華もだけれど、近衛家は使用人の待遇は悪くない。給料は高くて、労働環境も良い。それは、近衛家の大財閥としての余裕と貫禄の証でもあった。代わりに身内の親族には厳しいのだけれど。

「そういうわけだから、愛乃さんは無理しなくてもいいよ」

「でも……それだと透くんに悪いよ」

「そうかな。じゃあ、家事の分担とかも考えることにしようか」

そうした方が、愛乃も精神的負担がなくていいと思う。一緒に暮らす以上は、避けては通れない話でもあるし。

愛乃は微笑んで「うん」とうなずいた。

「あと、よかったら、わたしに料理を教えてほしいな」

「もちろん。そんなことでよければいくらでもやるよ」

「ありがとう。わたしたち……新婚さんみたいだね？」

愛乃はいたずらっぽく青い瞳を輝かせた。

透は頬が熱くなるのを感じる。

こんな可愛い子と結婚できるのであれば、喜ばない男はいないと思う。

そして、今の透は愛乃の婚約者なのだった。

透は照れ隠しに話題を変えることにした。

「とりあえず、学校に行くことにしよっか」

学校には歩いて行ける距離に、この家はある。

それほど慌てなくても良いけれど、そろそろ出かける準備をした方がよい時間だ。

愛乃は甘えるように、透を青い瞳で上目遣いに見る。

「あのね、お願いがあるの」

「なに？」

愛乃の願いで、透に叶えることができるものがあれば、何でもする。

ちょっと恥ずかしそうに、愛乃はささやく。

「透くんと一緒に歩いて学校まで行ってもいい？」

「そ、それは……」

「ダメ？」

「ダメってことはないけど、クラスのみんなに冷やかされそうだな」

同じ家を出て、学校へ行き、教室へ入れば、どういう仲なのかと疑われるだろう。

説明が大変になる。クラスメイトの明日夏が自分を睨んで「どういうこと？」と詰め寄る姿を透は想像してしまった。

愛乃は首をちょこんとかしげた。

「婚約者だって言えばいいと思うよ？」

「でも、ちょっと恥ずかしくない？　隠しておいた方が無難だと思うけど」

「わたし、透くんの婚約者なのが恥ずかしいなんて思わないよ」

愛乃にまっすぐに見つめられ、透はたじろいだ。

そのとおりだ。

別に愛乃と婚約者なのを恥ずかしがる必要もないし、恥ずかしがるのは愛乃に失礼とも言える。

愛乃はくすっと笑う。

「それに、わたしと子どもを作りたいなんて言って、わたしと一緒のお風呂に入って、わたしと一緒のベッドで寝たのに、いまさら恥ずかしいことなんてないよね？」

「……おっしゃるとおりで」

透はちらりと愛乃の胸を見てしまい、愛乃は恥ずかしがるように両手で肩を抱いて胸を隠した。

そして、愛乃は顔を赤くする。

「やっぱり、透くんってエッチだよね」

「ち、違うよ……」

「近衛さんや桜井さんにも、昨日、透くんがわたしにしてくれたこと、自慢しちゃおうかな」

「それは勘弁してほしいな……」

「今日も帰ってきたら、わたしにそういうことをしてもいいんだよ？」

愛乃は透の耳元でささやいた。透はどきりとする。

きっと愛乃は、今日も一緒のお風呂に入り、一緒のベッドで寝るつもりなのだ。

そして、愛乃は言う。

「だから、一緒に学校に行けると嬉しいな」

愛乃の言葉に、透は降参した。

こうして、透は愛乃と一緒に学校に登校することになった。

☆

登校中、愛乃はとても上機嫌だった。

口笛でも吹きそうな感じで、ちょっと可愛い。

とはいえ、困ったこともある。

「あ、愛乃さん……あまりくっつかれると俺が困るというか……」

愛乃は透の腕をひしっと両手でつかんでいる。まるで恋人のように二人で腕を組んだ形になっていた。

透は愛乃の腕の柔らかい感触に、頬が熱くなるのを感じていた。

愛乃はくすっと笑う。

「どうして透くんは困るの？」

「……わからない？」

「あっ、透くん、照れてるんだ。可愛い！」

愛乃がいたずらっぽくサファイアのような青い瞳を輝かせる。

周囲の視線が気になるし、愛乃の体の感触も気になる。

照れない方がどうかしてる、と透は思った。

でも、愛乃が嬉しそうなので、振り払うこともできない。

代わりに透は小声で言う。

「男なのに、可愛いって言われると複雑な気分だよ……」

「わたしは透くんのこと、可愛いだけじゃなくて、カッコいいとも思ってるよ？」

愛乃の直球の言葉に、透はうろたえた。

完全に愛乃のペースに乗せられている。

愛乃が幸せそうに微笑む。

そして、ますますぎゅっと透に抱きついた。

「こうしていると、制服デートみたいだよね」

「まあ、たしかにそうかも……」

透が肯定すると、愛乃が「ね！」と楽しそうにうなずく。

そろそろ学校も近づいてきて、他の生徒たちの視線が気になる。

知り合いもいるような気がして、冷や汗をかく。

そして、実際に知り合いがいた。

道路の曲がり角を曲がると、そこにはすらりとした長身の少女がいた。

制服を少し着崩しているけど、かなりの美人だ。

クラスメイトの桜井明日夏だった。

明日夏が、透たちに気づき、「あっ」と声を上げる。

そして、透と愛乃が腕を組んでいるのを見て、明日夏は顔を赤くした。

(き、気まずい……)

図書室で愛乃が「連城くんは、わたしと子どもを作りたいっていっていったくせに!」なんて爆弾発言をしたとき、明日夏もそこにいたのだ。

そして、そのとき、愛乃は明日夏に、「連城くんのことが好きなの?」と尋ねた。どうして愛乃がそんなことを疑ったのかはわからないけれど、それ以来、明日夏とは教室でもちゃんと話せていない。

明日夏は立ち止まり、深呼吸をしているようだった。

そして、こちらに向かってきて、透と愛乃を睨む。

「連城とリュティさんは、朝から楽しそうね?」

「婚約者だもの」

愛乃が微笑んで答える。

愛乃の青い瞳と、明日夏の黒い瞳が、まるでばちばちと火花を散らすように、交差する。

横で見ていた透ははらはらとした。

愛乃が明日夏に見せつけるように、透に胸を押し当てる。透は狼狽し、明日夏は頬を膨らませていた。

「わたしと透くん、一緒の家に住んでるんだよ？　婚約者だから」

愛乃は明日夏に言うと、明日夏はショックを受けたようだった。

だが、明日夏はすぐに立ち直ったように、不敵な笑みを浮かべる。

「それがどうしたの？　リュティさんは、連城と話すようになったのは最近でしょ？　……あたしの方がずっと長く連城のことを知っているんだから！」

明日夏が愛乃に対抗するように宣言する。透は明日夏がどうしてそんなふうに愛乃に対抗心を持つのか、不思議だった。

透と明日夏は「打倒近衛知香！」のための関係だったはずだ。けれど、今の明日夏は、知香のことなんて忘れていて、目の前の透と愛乃だけを見ているように思える。

愛乃は余裕の笑みを浮かべていた。

「でも、これからは、わたしの方が透くんのことを深く知っていくんだよ？」

「そうね。このままだったら、そうなってしまうのかもね」

そして、明日夏はちらりと透を見て、恥ずかしそうな表情を浮かべた。

小さな声で、明日夏は言う。

「こないだは、あたしは嘘をついたの」

「え？」

「連城のことなんて好きじゃない、って、あたしは言ったよね。でも、それは嘘」

透は息を呑む。隣の愛乃の様子を伺うと、愛乃は青い瞳で静かに明日夏を見つめていた。

明日夏は耳まで顔を赤くている。

そして、明日夏は決意したように、透をまっすぐに見つめた。

「もし……あたしが連城のことを好きだって言ったら、どうする？」

明日夏の言葉は、透には衝撃だった。

もし好きだったら、という仮定の形をとっているけれど、実質的には明日夏が透を好きと言っているのも同然だ。

思いもよらない告白に、透は戸惑う。

明日夏に好かれるような理由が思い当たらない。

明日夏は恥ずかしそうに顔を赤くしていた。

「最初はね、近衛知香に勝つために、連城に話しかけたの」

「でも、一緒にいるうちに好きになっちゃった？」

愛乃の問いに、明日夏は目をそらす。

「だって……連城は、あたしの話をちゃんと聞いてくれたし……あの完璧超人の知香に勝ちたいって言っても馬鹿にせず応援してくれたもの。あたしのことをちゃんとわかってくれたのは、

連城だけだった」

透は、自分が明日夏を理解できていたとは思えなかった。確かに中等部三年のときから、短くない時間を一緒にいた。

けれど、明日夏が透のことを好きだということすら知らなかったのだ。

でも、明日夏の言葉に、愛乃は微笑んで「わかるよ」とつぶやいた。

「わたしも同じだもの」

「それって、リュティさんも連城のことが好きだってことだよね？」

「……わたしはね、透くんのものになったの。透くんも、わたしのものになったの」

愛乃は青い瞳でまっすぐに明日夏を見つめていた。

明日夏が慌てた表情になる。

「それって、連城とリュティさんは……」

「一緒にお風呂も入ったし、一緒のベッドで寝たの」

愛乃は恥ずかしそうに頰を赤く染める。

(ご、誤解をまねく言い方だ……！)

事実だから、完全な誤解ではないのだけれど。

この言い方だと、まるで最後までしてしまったみたいに聞こえる。

透が言い訳しようと口を開けかけたとき、明日夏の黒い瞳に涙が浮かんでいることに気づいた。

「えーと、桜井さん？　これには深い事情があって……」

「……連城のバカッ！」

明日夏はそう叫ぶと、涙を指でぬぐい、学校へと走り去ってしまった。

透が呆然と明日夏を見送っていると、隣の愛乃が、透の制服の袖を引っ張った。

「ねえ、透くん」

「な、なに？」

「桜井さんみたいな可愛い女の子から告白されたら、透くんもきっと嬉しいよね？」

「えーと、それは……」

嬉しくないと言えば、嘘になる。まっすぐで、明るく、話していて楽しい明日夏のことを、透は嫌いじゃなかった。

知香に何度も挑戦する姿勢には敬意も持っていたし、愛乃の言う通り、明日夏はかなり可愛い。

もし、愛乃がいなければ、透は明日夏の告白にどう返事をしていただろう？

でも、今の透には愛乃がいる。

愛乃が不安そうに透を見つめる。透は愛乃が何を心配しているかを察した。

「ねえ、わたしは……透くんの婚約者だよね？」

「もちろん。心配しないでも、桜井さんに告白されたから、愛乃さんとの婚約を破棄するなんて、そんなこと言わないよ」

「本当？」

「愛乃さんの力になるって約束したからね」

透がそう言うと、愛乃は嬉しそうに「良かった」と弾んだ声で言った。

透にとって、愛乃はもはや形だけの婚約者ではなかった。

でも、まだ告白もしたわけでもないし、彼氏彼女でもない。

ただ、透にとって、愛乃が大切な存在になりつつあることは確かだった。

願わくは、それが愛乃にとっても、同じであるといいのだけれど。

透は心のなかでそう思い、そして、引き返しがつかないほど、自分が愛乃と深く関わってしまったことに気づく。

「透くん……これからは毎日、一緒に学校に行けるんだよね？　桜井さんでも、近衛さんでもなくて、わたしが透くんと一緒にいるんだもの」

「俺は愛乃さんの婚約者だからね」

透はそう言ってから、ためらいがちに、そっと愛乃の金色の髪を撫でた。

愛乃は青い目を見開き、それから嬉しそうに透の手を受け入れていた。

☆

登校した後、教室の扉を開くのに、透は少し緊張した。

愛乃と一緒だからだ。

扉の前でためらっていると、愛乃が不思議そうに首をかしげる。

「透くん、どうしたの？」

「いや……みんなどんな顔をするかなと思って」

透も愛乃も、クラスにはほぼ友人はいない。

そんな二人が親しそうに、教室に入れば、注目されるに決まっている。

愛乃は柔らかく微笑んだ。

「気にすることはないよ。だって、わたしたちは……婚約者だもの」

愛乃は、はにかむようにそう言った。「婚約者だもの」というのは、愛乃の口癖になりつつあるな、と透は思った。

二人が婚約者であることが、今の所、たしかに二人の関係で最も重要なことではあるけれど。

まだ早い時間だし、教室にいるクラスメイトも多くない。

覚悟を決めて、透は深呼吸をした。

そのとき、後ろから声がかけられる。

「おはよう、連城くんとリュティさん」

きれいな澄んだ声に振り向くと、そこには近衛知香がいた。

知香は黒い艶やかな髪を右手で触っていて、そして、落ち着かない様子で透をまっすぐに見つめた。

なにか言いたそうにしているが、踏ん切りがつかないという感じだった。

「えーと、おはよう、近衛さん」

透はそう返事をしたが、知香はもじもじとしたままだった。

こないだ近衛家の屋敷で、透・愛乃と知香は対峙して、知香は逃げ出してしまった。

愛乃が知香に「透くんのこと、今でも好きなの？」と尋ねて、知香は言葉に詰まってしまったのだ。

その知香が、透たちにどんな用事があるのか。

(話をするなら、できれば、学校以外の場所が良かったんだけど……)

もともと知香と婚約者だったことは、学校では秘密にしている。

人前であまり踏み込んだ話をするわけにもいかないし、注目も集めてしまう。

とはいえ、知香と疎遠になっている以上、学校以外で知香が透に話しかけることができないのもわかるのだけれど。

愛乃はいたずらっぽく微笑み、そして恋人のようにぎゅっと透に身を寄せた。

その華奢で温かい体の感触に、透はどきりとする。

知香がかっと顔を赤くして、透たちを睨む。

「連城くん……昨日の夜、リュティさんに……変なことをしなかったでしょうね？」

していない、と答えようとして、透は言葉に詰まった。

愛乃と一緒にお風呂に入り、一緒のベッドで寝て……と、とても何もしていないとは言えない。

透が黙ったのを見て、知香がうろたえる。

「ま、まさか……本当に……あ、赤ちゃんができちゃうようなことをしちゃったの？」

透と愛乃は顔を見合わせる。そして愛乃がくすっと笑って、知香を青い瞳で見つめる。

「近衛さんって……意外とエッチだよね？」

「そういうことを疑わせるようなことを言ったのは、あなたでしょう!?」

知香が愛乃に詰め寄ると、愛乃はふふっと余裕の笑みを浮かべた。

「わたしが妊娠しちゃうようなことは何もしていないよ。わたしはされてもいいんだけど」

知香はほっと胸をなでおろした様子だった。

ところが、愛乃がそんな知香に追撃をかける。

「でも、一緒のお風呂には入ったよ？」

「え？」

「わたし、透くんにいっぱいエッチな目で見られちゃった」

「わ、私だって、透と一緒にお風呂に入っていたことあるもの！」

「でも、小学六年生のときのことでしょう？　それにね、透くんと一緒のベッドで寝たし……」

透が慌てて愛乃の服の袖を引っ張って止めようとするが、もう遅かった。

知香が顔を耳まで真赤にして、黒い瞳を涙目にして透たちを睨んでいる。

「決めた」

「え？」

「私は近衛家の人間として、あなたたちがふしだらなことをしないように見張る義務があるわ」

「そんなのないと思うけど……」

透が控えめに言うと、知香が頬を膨らませる。

「あるの」

そうだとして、見張るといっても、知香はどうするつもりなのか、透は気になった。

そして、その答えはすぐに示された。

「私もあなたたちと同じ家に住むわ」

知香は、当たり前のことのように、そう言った。

「近衛さんが、同じ家に住む!?」

透は知香の発言に、ぎょっとした。

名家の令嬢である知香が、男と一つ屋根の下で暮らすなんて許されないだろう。

いや、婚約者だったときは同じ近衛家の屋敷に住んでいたが、それは子供の頃のことだし、親も認めていた。

今は違う。

それに、透は愛乃と一緒に住んでいる。

愛乃が首をかしげる。

「あの家は、わたしと透くんのために用意してくれたんでしょう？」

「そうよ。でも、近衛家が用意したものだもの。近衛家のものは、つまり私の家のものということ。私が住んでも何もおかしくないわ」

「そうかなあ。近衛さんのお父さんとか、女性の秘書の人……時枝さんも許すとは思えないけど」

愛乃も、透と同意見のようだった。

近衛家にとって、知香の価値は圧倒的に高い。

本家の当主の一人娘であり、将来は近衛家を担うべき人間でもある。

それだけの優秀さも知香にはある。

透や愛乃のような、ただ利用される存在とはわけが違う。

第一、もっと重要なことがある。

「近衛さんが、いまさら元婚約者の俺を気にする理由がわからないな。近衛家と近衛さんは、俺を屋敷から追い出した」

「私が追い出したわけじゃないわ。お父様が決めたことだもの。……私は、反対したの」

知香の言葉は意外だった。透は、てっきり知香も透との婚約解消に積極的だったと思っていた。

透はためらいがちに尋ねる。

「俺はてっきり知香に嫌われていると思っていたけど」

知香ははっとした顔をして、そして、一瞬嬉しそうな表情をした。

それから、顔を赤くする。

「いま、私のことを『知香』って呼んだでしょ？」

「ああ、ごめん。つい昔のくせで」

「いいわ。許してあげる。……私は、あなたのこと大っ嫌いだけどね」

「そうだろうね」

透が言うと、知香は頬を膨らませて、透を睨んだ。

やっぱり、透が知香から憎まれているという事実は変わらない。

それでも、透は動揺しなかった。以前なら、知香を見かけるだけでも、自己嫌悪に襲われたのに。

それはきっと、愛乃がいてくれるからだ。

愛乃が横から口をはさむ。

「わたしは透くんのこと、好きだけどなあ」

愛乃は優しく微笑んで、知香に言う。

知香は愛乃を睨み返した。

「あなたに私と透の何がわかるの？」

「その言葉、そっくりそのまま返してあげる。近衛さんに、わたしと透くんのことを邪魔する権利はないよ」

「あるわ。私は元婚約者だもの」

「だから、元婚約者が幸せになるのは許せないの？」

「そ、それは……そうよ！　悪い？」

「ふうん。だから、わたしたちを見張りに来るんだ？　エッチなことをしないようにさせたいんだよね？」

「そうしないと、リュティさんは透の子どもを妊娠しそうだし」

知香がとんでもないことを言う。

まだ生徒が多くないとは言え、ここは学校の廊下だから、他の生徒に聞かれたらと思うと冷や汗ものだ。

愛乃は、青いサファイアのような瞳で、知香を見据えた。

「それは近衛さんの本音じゃないよね？　本当は近衛さんが透くんと一緒のお風呂に入って、一緒のベッドで寝たいんだ？　違う？」

知香は一瞬、目を伏せ、そして、深呼吸した。

そして、愛乃に問いかける。

「もし私がそうしたいと言ったら、リュティさんは譲ってくれるの？」

「絶対に譲らないよ？　透くんと一緒のお風呂に入るのも、一緒のベッドで寝るのも、わたしの特権だもの」

「なら、その特権を奪ってあげる。今日からあなたたちの家に行くから……見ていなさい！」

知香はそれだけ宣言すると、踵を返した。そして、足早に立ち去っていった。

近衛家が知香を止めなければ、本当に知香は家に来てしまう。

そうなったら、透にも愛乃にも、反対する権利はないのだ。

近衛家が用意した家なのだから。

だが、愛乃は困った様子もなく、面白そうな表情を浮かべていた。

そして、透をちらりと見て、くすっと笑う。

「せっかく二人きりの新婚ラブラブ生活だったのに、残念だね」

「ま、まだ結婚していないよ……」

「時間の問題でしょう？」

愛乃がいたずらっぽく透の瞳を覗き込み、透はたじたじとなった。

そして、愛乃が白い指で、透の頬をちょんと触る。

愛乃はとても楽しそうに言う。

「近衛さんに、わたしたちの婚約者らしいところを見せつけてあげないとね？」

☆

登校する途中では明日夏に告白され、教室の前では知香に同じ家に住むと宣言され、朝からいろんなことがあった。

（この調子だと、学校にいるあいだに、とんでもないことが次々と起きるのでは……？）

無事に愛乃と家に帰ることもできないかもしれない、と透は大真面目に考えていた。

けれど、教室に入ってからは、比較的平和だった。

愛乃と透が親しそうにしていることを、クラスの何人かは興味を持っているようだった。

けれど、明日夏を除けば、踏み込んで尋ねてくるほど親しいクラスメイトはいない。明日夏の視線だけが怖かったけれど、一度ちらりと様子を窺うと、ぷいと横を向いてしまった。

休み時間のたびに、愛乃が透の席にやってきてくれて、嬉しそうに話しかける。透も嬉しいし、注目も集めるけれど、それだけだった。

問題は、午前二限目の体育の時間だった。

一応、体育は男女別に行われるとはいえ、同じ時間に同じグラウンドで行われる。

そして、準備運動にはペアストレッチがあるので、二人組で行わないといけない。

透は親しい友人がいない。が、大木《おおき》という気の良い変わり者の男子と、いつも体育の時間ではペアを組んでいた。

だが、その大木が今日は休みらしい。

参ったなあ、と透は思う。

大木がいないと、ちょうど男子は端数となる。

つまり、透は余り物だ。

教師に相談しようかと思ったとき、後ろから肩を叩かれた。

振り返ると、そこには体操着姿の愛乃がいた。

「透くん、一人？」

愛乃はにっこりと笑っている。

以前は愛乃は透にとって遠い存在で、関心がなかった。

だから、体操服を着た愛乃の姿をちゃんと見るのは、初めてだ。

上半身が白色の体操服は胸の形がはっきりとわかるし、紺色のショートパンツは膝上までしか覆っていないので、その白い脚がまぶしい。

愛乃が顔を赤くして、上目遣いに透を見る。

「もうっ……学校でまで、わたしのことをエッチな目で見たらダメなんだからね？」

「ご、ごめん。愛乃さんが可愛くて、つい……」

透がそう言うと、愛乃は嬉しそうにぱっと顔を輝かせる。そして、得意げな表情でくすっと笑った。

「許してあげる。……家に帰れば、いくらでもわたしにエッチなことができるよ？　楽しみ？」

「そっ、それは……楽しみです」

透が諦めて正直に言うと、愛乃は「うんうん」と楽しそうにうなずいた。

そして、愛乃がぽんと手を打つ。

「わたしの体操着姿を、透くんにエッチな目で見てもらうために、ここに来たんじゃないの」

「まあ、そうだろうね」

「あのね、透くん、ペアの人がいないなら、わたしと組まない？」

「え？」

「女子も一人休みなの。だから、どうかなって」

愛乃も余ったということらしい。準備運動を男女で行うことが禁止というわけでもない。

ちらりと男子担当の体育教師を見ると、「かまわない」というような視線を送ってきた。

困っていたので、透にとっても渡りに船だ。

運動中、愛乃と密着するのが心配だけれど、気にするのも今更だ。

透がうなずくと、愛乃は微笑んだ。

「じゃあ、やろっか」

まずは透がグラウンドに座り、愛乃が背中から手で肩を押す柔軟体操だ。

「透くんの体、柔らかいんだね……！」

「そ、そうかな……」

愛乃の手のひらの感触に、透は気を取られてそれどころではなかった。

今度は透が愛乃と交代する。

愛乃が座り、透が愛乃の柔軟運動の手助けをするのだ。

愛乃の背中に手を置くと、愛乃が少し震えた。

「ど、どうしたの？」

「う、ううん。なんでもないの。ただ……透くんの手、大きいなあと思って」

「一応、男だからね」

「そうだよね」

愛乃はくすぐったそうに、ちょっと恥ずかしそうにしていた。

こんな感じで、一通りの準備運動を進めていった。愛乃がペタペタと必要以上に透の体を触るのがちょっと気になったけれど。

その途中で、愛乃が女子担当の女性体育教師をちらりと見た。

たしか名前は遠野《とおの》で、まだ若い先生だったと思う。二十代半ばぐらいだったはずだ。

何を見ているのだろう、と思ったら、遠野先生の薬指に銀色に輝くものがあった。

透の視線に気づいたのか、愛乃が顔を赤らめて、小声でささやく。

「遠野先生も、最近婚約したんだって」

「へえ。だから、婚約指輪をしているんだ」

「うん、いいよね。婚約指輪……」

愛乃は小さくつぶやき、それから、はっとした顔をした。

そして、ぶんぶんと首を横にふる。

「わ、わたしたちには……まだ早いかもだけど……お金もかかるし、ほしいってことじゃないの」

「でも、興味はあるんだ？」

「……憧れなの。うちはお父さんとお母さんの仲が良くなかったから……。ああいうふうに、婚約指輪や結婚指輪をいつもつけるぐらい、お互いのことを大事な存在だって示せるのって、素敵じゃない？」

「わかる気はするな」

物心ついたときには、透の両親の関係は冷え切っていたから、両親が結婚指輪をしているところを見たことはない。

もちろん、指輪をしていれば愛し合っているというわけでもないし、していなくて仲のよい夫婦もいると思う。

けれど、一つの象徴であることは確かだ。

「わたしたちも大人になったら、一緒の指輪をつけられるといいね」

愛乃ははにかんだように、透の耳元でささやいた。

透はうなずいて、「そうだよね」と答え、考える。

(大人になったら、か……)

そうなればいい、と透は思い、そして自分の考えに驚く。

もはや愛乃と婚約者でいることが自然になりつつある。

でも、愛乃との婚約関係がそのときまで続いているかはわからないのだ。

近衛家も、愛乃も、透自身も、どんどん変わっていってしまう。数年後、どうなっているかなんて、まったくわからない。

だけど。

透は今、愛乃のためにできることをしよう、と思った。

そして、願わくは……いつか婚約指輪を贈る日が来るまで、愛乃と一緒にいたいと思った。

第四章　婚約者VS幼馴染

家に帰って、玄関の扉を開く。

「「ただいま」」

透と愛乃の声が重なった。

互いに顔を見合わせ、くすっと笑う。

そして、二人で靴を脱いで、廊下に上がる。

愛乃がそこで、立ち止まり、透を見上げた。

「ここは、わたしたちの家なんだよね」

「表札に名前でも書いておく？」

冗談めかして、透が言うと、愛乃は首をかしげ、それからふふっと笑った。

「それもいいかも。でも、誰の名前を書くの？」

「俺と愛乃さんを並べて書くんじゃない？」

「『連城透』と『連城愛乃』って書いておく？」

えへへ、と愛乃は笑う。

透と愛乃の名字が同じということは、つまり結婚しているということだ。

透は頬が熱くなるのを感じた。恥ずかしかったのだ

「気が早いよ」

「そう？　子供の名前も決めないといけないと思うけど」

愛乃がいたずらっぽく透を見つめ、透はどきりとする。

愛乃のお腹が大きくなっているところを想像して、その下半身をちらりと見てしまう。

制服姿の愛乃ははっとした様子で、スカートの裾を押さえ、そして顔を赤くする。

「透くん、いま、エッチな目でわたしのことを見ていたでしょう？」

「み、見てないから……」

「わたしはそういう目で見られても平気だけど、他の女の子の胸とかお尻とかを見つめたら、ダメなんだからね？」

「それぐらい俺でもわかっているよ。そんな目で見てしまうのは、愛乃さんだけだし」

言ってから、透は失言だと気づく。

愛乃のことをやましい気持ちで見ていたことを認めてしまった。

愛乃はきょとんとして、それからあたふたとした様子で、慌てた表情を浮かべた。

「そ、そうなんだ……。わたしだけなんだ……」

愛乃が小さな声で、恥ずかしそうに言う。

ふと、透は気づく。

いつも愛乃は透をからかい、積極的にアプローチしている。同じお風呂に入ってくっついてみたり、ベッドの中で胸を触らせようとしたり……。

けれど、透の側から動いて、愛乃が恥ずかしがるようなことを言ったりはしていないかもしれない。

だから、愛乃はこんなに動揺している。

要するに、愛乃は攻められるのに弱いのだ。

透は、少しだけ愛乃をからかってみたくなった。

「それに、家に帰ったら、学校ではできない恥ずかしいことを色々できるって、愛乃さんも言っていたよね？」

「そ、それはそうだけど……」

「してみてもいい？」

透の問いに、愛乃は戸惑うように、一方後ろへ下がる。

いつも愛乃に圧倒されてばかりなので、透は愛乃をからかうのが、少し楽しくなってしまった。

廊下の壁際へと逃げる愛乃に、透は一歩迫ってみる。

そして、透は自然と、壁を背にした愛乃の脇に、手をついた。

愛乃はびくっと震え、けれど、まんざらでもなさそうな表情を浮かべていた。

「か、壁ドンだね……！」

「そう言われれば、たしかに……。少女漫画のヒーローじゃなくて、俺なんかで悪いけれど」

愛乃はふるふると首を横に振った。

そして、青いサファイアのような瞳を輝かせ、透にささやく。

「透くんだから、いいんだよ？」

透はどくんと心臓が跳ねるのを感じる。

形勢逆転で、今度は透が愛乃にどきどきさせられる番になった。

愛乃は嬉しそうに言う。

「エッチなことをしてくれるんじゃなかったの？」

「そ、それは……」

「胸やお尻を触ってみる？」

「ひ、昼間からそういうことをするのはちょっと……」

「夜ならいいの？」

「そういうわけでもないけど……」

「それなら……キスしてみる？」

「え？」

愛乃は、恥ずかしそうに目をそらした。

「キスをしてくれたら、本当に少女漫画みたいだなって思ったの……」

愛乃の言葉に、透はその小さな赤い唇に目を引き寄せられる。

まだキスは一度もしていない。

そんな覚悟は透にはなかったはずだ。

でも、愛乃はきっとそれを望んでいる。

透が一歩踏み込むと、愛乃はどきりとした表情を浮かべ、そして、ぎゅっと目をつぶった。

「と、透くん……」

透が愛乃の肩を軽く抱くと、愛乃は透を受け入れるように体から力を抜いて、透に身を委ねた。

本当にこのままだとキスしてしまう。でも、透は止まることができなかった。

そして、透と愛乃の唇は触れ合う直前まで近づき……。

そのとき、きれいに澄んだ声がした。

「へえ、家に帰った途端に発情して、そういうことをしちゃうわけ？」

透と愛乃がびっくりして固まり、そして、玄関のドアを振り返ると、そこには近衛知香がいた。

知香は頬を膨らませて、透たちを睨んでいる。

慌てて透は、愛乃をそっと放し、知香に向き直る。愛乃が後ろから「あと少しだったのに……」と小さな声でつぶやいていた。

「どうしてここに近衛さんがいるのかな？」

「決まっているでしょう？　あなたたちと同じ家に住むって言ったじゃない。護衛の人たちは外からこの家を見張ってくれているし、私の警護の問題もないし」

「……本当にそんなことしていいの？」

「私は昔の私とは違うの。近衛家のなかで、ある程度はわがままを通すこともできるんだから」

「わがままって自分で認めるんだね」

透が小声で言うと、知香が不機嫌そうに透を黒い瞳で見つめる。

「私にとっては大事なことなの。あなたたちのことを見張っていないと、透が発情してリュティさんを妊娠させちゃうでしょう」

そんなことしないよ、と言おうと透が思ったら、横から愛乃が口をはさむ。

「発情、発情って言ってるけど、発情しているのは、近衛さんの方じゃないの？」

「ばっ、馬鹿じゃないの!?　わ、私が透相手に発情なんて、そんなことするわけない！」

「ふーん。そうかな。わたしと透くんがキスしようとしたのを見て、すごく焦ったでしょ？」

図星なのか、知香は頬を赤らめて「そっ、それは……っ」となにかを言いかけ、黙ってしまう。

「学校でも言ったけど、本当は近衛さんも透くんとそういうことしたいんでしょう？」

「だから違うってば！」

「そういえば、この家ってベッドが一つしかないんだよね？」

愛乃がいたずらっぽく、宝石のような瞳を輝かせる。

透と知香は顔を見合わせた。

知香がおずおずと透に尋ねる。

「そ、そうなの？」

「まあ、うん。つまり、近衛さんは……」

寝る場所がない。

いつも用意周到な知香にしては珍しく、この家のことを調べて来なかったらしい。

近衛家が用意した家なのだから、事前に知ることもできたはずなのに。

（いや、今日いきなりこの家に住むって言い出したし、焦ってたみたいだし、仕方ないのか……）

だけど、困ったことになった。

でも、愛乃はそうは思わなかったらしい。

「近衛さんもよかったら、わたしと透くんと一緒のベッドで寝てみる？」

「え!?」

「そうすればベッドが足りないのは解決できるよ？　それに、お風呂も三人で一緒に入る？」

愛乃の内心が読めない。どうしてそんな提案をするのだろう？

知香も同じみたいで、顔を赤くしてうろたえていた。

「そ、そんなハレンチなことできるわけないわ」

「ふうん、いいの？　わたしと透くんのこと、監視するんでしょう？　わたしと透くんが二人きりで同じベッドで寝たり、裸で一緒にお風呂に入ったりするのは嫌じゃない？」

「も、もちろんダメに決まってるけど……」

「なら、決まりだね」

愛乃のとんでもない提案を、知香が受け入れるはずないと思っていた。

同じベッドで眠るのも、一緒のお風呂に入るのも、嫌いな元婚約者とするはずがない。

だが、知香は恥ずかしそうに目を伏せると、「わ、わかったわ……あ、あなたたちを監視しないといけないものね」と小さく言う。

「あ、愛乃さん……どういうつもり？」

透が戸惑って、愛乃に小声で話しかけると、愛乃は楽しそうに微笑み返した。

「大丈夫。わたしに考えがあるの」

そう言って、愛乃は自信満々にえへんと胸を張ってみせた。

☆

知香は、二階の部屋に荷物を置きに行った。

透は手伝おうとしたのだけれど、「軽いから」と断られてしまったので、愛乃と一緒に一階にいる。

でも、知香がいないのは、ちょうどよい機会だ。

透は愛乃の真意を問いただすことにした。

どうして愛乃は、透だけではなく、知香と一緒にお風呂に入ったり、一緒のベッドで寝たりすることを提案したのか。

愛乃の答えはこうだった。

「わたしと透くんの婚約者らしいところを見せつけるためだよ。近衛さんの前で、イチャイチャしちゃおうかなって」

「それだけ？」

「ううん。近衛さんにはね、自分の本当の気持ちに、正直になってほしいと思ったの。近衛さんは、きっと透くんのことが今でも大事なんだよ」

「そうかな。俺は……ずっと、知香に嫌われていると思っていたけど」

愛乃は透の言葉を否定しなかった。

代わりに静かに言う。

「大事だからこそ、嫌いになったり憎んだりするんだよ。近衛さんは、透くんのことが嫌いで、それでも好きなんだと思うな」

愛乃の言葉は矛盾しているようにも思えるけれど、透は否定できなかった。

これまでの知香の反応を思い出す。

本当は透に抱きしめてほしかった、という知香の発言や、この家に乗り込んできて、透と愛乃を監視するという知香の行動。

それになにより、知香の愛乃に対する対抗心。

そういったことを考えると、愛乃の言う通り、知香は透にまだ特別な感情があるのかもしれなかった。

愛乃は透の内心を見透かしたように言う。

「もし近衛さんがまだ透くんのことを好きで、婚約者に戻れるとしたら、どうする？」

「え……？」

そんなこと、透は考えたこともなかった。

知香が透にとって大事な幼馴染であることは、今も変わらない。たとえ、婚約を破棄され、家から追い出されても、透はかつて知香のことが好きだった。

透が即答できずにいると、愛乃が頬を膨らませた。

「ほらね、透くんは迷っちゃうでしょう？」

透ははっとした。そして、慌てて言う。

「今は愛乃さんがいるから、近衛さんの婚約者に戻るなんて、ありえないよ」

「ありがとう。でもね、わたしは……一瞬の迷いもなしに、透くんにはわたしのことを選んでほしいの」

愛乃は澄んだ青い瞳で、透をじっと見つめた。

そして、愛乃はささやく。

「だからね、わたしは……素直になった知香さんに勝つ必要があるの」

「それで、一緒にお風呂や一緒に寝ることを提案したの？」

「うん。だからね、覚悟しておいてね。わたしのほうが、近衛さんより、透くんのことを大事にできるって証明してみせるから」

愛乃はくすっと笑い、透に甘えるように身を寄せた。

ぎゅっとしがみつかれ、透はどきりとする。

ほぼ同時に知香が戻ってきた。

知香は、密着する透と愛乃を見て、憤慨した表情を浮かべた。

「ま、また、そんなはしたないことをしている……！」

「羨ましいなら、近衛さんもやってみる？」

「う、羨ましくなんてない！」

「ふうん。本当に？」

「本当に！」

愛乃と知香のやり取りを見て、透はどきどきした。

二人がばちばち火花を飛ばしているだけでも、透は困ってしまうけれど、これはまだ、始まりにすぎない。

今日の夜には、愛乃と知香の二人の美少女と一緒に裸で風呂に入ることになるのだから。

そのとき、どんなことになるか。

透はブレザーの制服姿の愛乃と知香を見て、二人が裸になったところを想像して、一人で赤面した。

愛乃は小柄で華奢だけれど、胸は大きいし、知香もすらりとしたスタイル抜群の美少女だ。

愛乃はそんな透を振り向いて、くすりと笑う。

「いま、わたしたちのことをエッチな目で見たでしょう？」

「み、見てないよ！」

「わたしのことだけを、そういう目で見てくれるんじゃなかったの？」

「近衛さんのことはそんな目で見ていないよ」

透がそうやって嘘をつくと、知香は不満そうに頬を膨らませていた。

愛乃はくすっと笑う。

「わたしのほうが近衛さんより魅力的だものね？」

そうして愛乃はいたずらっぽく透を見上げ、ぎゅっと正面から、その大きな胸を透に押し当てた。

愛乃が透に胸を押し当て、それを知香が不機嫌そうに見ている。

この状況に透は困ってしまった。

むぎゅっと愛乃の大きな胸が、透にますます強く押し当てられる。

「あ、愛乃さん……近衛さんが見ているから……」

「見せつけているの」

愛乃が体を軽く動かし、透の胸板と愛乃の胸がこすれる。愛乃は「んっ」と小さな甘い声を上げる。

知香が耐えられなくなったのか、そこに割って入ろうとする。

「わ、私はあなたたちがそういうハレンチなことをしないように監視しに来たのに、私の目の前でよくそんなことができるわね!?」

愛乃はくすっと笑う。

「近衛さんも素直になったほうが良いと思うけど。今のままだと、わたしに負けちゃうよ？」

「私はあなたと勝負なんてしていない！」

「ふうん。なら、わたしだけがこうやって透くんとイチャイチャしちゃうけど良いの？」

「良くないわ！」

「ね。それなら、近衛さんも、透くんに抱きついてみたら？」

「どうしてそういう話になるわけ？」

「近衛さんが透くんに抱きついたら、わたしは透くんから離れるけど、どう？」

愛乃は謎の取引を持ちかけた。

(愛乃さんは、知香の態度を変えたいんだろうけど……)

それにしても、手段が強引だ。

だいいち、知香がそんな取引に乗るかどうか……。

けれど、知香はしばらくためらった後、うなずいてしまった。

知香が透の背後に回り、そして透の胸板に手を回した。

そして、ぎゅっとしがみつく。

その質感のある胸が、透の背中に押し当てられる。

透はどくんと心臓が跳ねるのを感じた。愛乃より若干小さいが、柔らかい胸の感触がはっきりとわかる。

焦って、透は声を上げる。

「こ、近衛さん……！」

「わ、私も恥ずかしいんだから……我慢して」

「は、恥ずかしいなら、こんなことしなければいいのに……」

「そうしたら、透はずっとリュティさんに抱きつかれたまま、デレデレしているでしょう？」

知香がそんなことを言う。

正面の愛乃はにっこりと笑って、透に胸を押し当てたままだった。

前方からは愛乃の胸が、後方からは知香の胸が押し当てられていて、透はどきどきさせられた。

愛乃がからかうようにささやく。

「両手に花だね、透くん」

知香が後ろからむっとした様子で声をかける。

「リュティさんは、離れなさいよ！」

「あ、近衛さん、透くんのこと、独り占めしたいんだ？」

「そういう約束でしょ!?」

透の肩越しに二人の少女がばちばちと火花を散らし、そして、二人の甘い声が透の耳元をくすぐった。

（ど、どうなっちゃうんだろう……？）

愛乃と知香の柔らかい体の感触に、透は頬が熱くなるのを感じた。

これは始まりにすぎない。

この後に、愛乃と知香と一緒に風呂に入り、一緒のベッドで寝るわけで……。

そのとき、透が自分の理性を維持できるか、怪しかった。

愛乃は顔を赤くして、くすっと笑う。

「照れている透くんも、可愛いよね。近衛さんもそう思わない？」

そして、あっという間に夜になった。

夜ご飯の前にお風呂に入りたい、という愛乃と知香の希望で、ちょっと早めの時間に風呂を沸かす。

そして、今、透は一人で、浴槽に浸かっていた。

昨日、愛乃と一緒に入った豪華な浴場だ。

愛乃と知香は後から入ってくるらしい。

たしかに、この広い浴場なら、三人同時に湯船に浸かることも余裕でできるけれど……。

「困ったことになったたな……」

いつも冷静な知香が、愛乃に完璧に乗せられている。

普段とは異なる行動を、知香が行ってしまう理由はなんだろう？

透が考えていると、そっと浴場の扉が開いた。

「えっと……透、いる？」

おずおずとした様子で入ってきたのは、知香だった。

バスタオル一枚の姿で、恥ずかしそうに透を黒い瞳で見つめている。

改めて見ると、知香も愛乃と並ぶ学校一の美少女なんだな、と思う。

すらりとした長身の体は、腰も高くスタイル抜群だ。

バスタオルの上のなだらかな膨らみから、十七歳の女子高生としては、胸もお尻も大きいことが見て取れる。反対にウェストはほっそりと引き締まっている。

「な、なにじろじろ見ているわけ？」

「ご、ごめん」

「……透とお風呂に入るのって、小学六年生のとき以来だよね。あのときも……透は私のことを変な目で見てた」

「そ、そんなことないよ」

「嘘つき。……あのときはね、でも、それで良かったの。だって、私はあなたと結婚するつもりだったんだもの」

知香はそう言って、透を見つめた。

どきりとする。たしかに透は知香の婚約者だった。

知香は小声で言う。

「体を流すから、後ろを向いててくれる？」

「わ、わかったよ」

透は慌てて後ろを向いて、浴場の窓の方を見た。

後ろで衣擦れの音がして、シャワーの水が流れるのが聞こえる。

いま、知香は裸で体を流しているのだ。

どうして嫌いな相手の前で、そんな無防備なことができるのだろう？

もし透が邪な思いを持っていたら、知香の方を振り向いて後ろから羽交い締めにして、そして押し倒してしまうこともできる。

知香は、そういう可能性を想像しないのだろうか？

そうしないと知香が信じているのであれば、それは透のことを、まだ信頼しているということなのかもしれなかった。

やがてシャワーの音が止まる。

そして、湯船の水がぱしゃっと音を立てた。

知香が浴槽に入ったということらしい。

（あ、愛乃さんはまだかな……）

愛乃と知香が火花をばちばち散らしているのも心臓に悪いけれど、知香と二人きりというのはもっと緊張する。

しかも風呂場でほとんど裸という状況なのだから。

「ねえ、透……もう、こっち向いてもいいよ。話したいことがあるの」

「う、うん……」

勇気を出して、透が振り向くと、すぐ目の前に知香がいた。

バスタオル一枚のみを巻きつけた格好だ。

大事なところは隠せているけれど、胸の谷間にどうしても目が行く。

透は慌てて目をそらそうとして、とんでもないことに気づく。

知香のバスタオルはかなり薄いようで、水に濡れると……透けてしまうようだった。

「透、どうしたの？」

知香が首をかしげる。

風呂に浸かった知香が目の前にいる。

しかも、バスタオル一枚しか巻きつけていないし、しかもそのバスタオルが透けている。

知香は、自分のバスタオルが水で透けたことに気づいていないらしい。

透は動揺する。

あどけない表情で、知香は微笑む。

「こんなふうに透と話をする日が来るなんて思わなかった」

「俺もね。というか、俺のこと、『透』って呼ぶんだ？」

婚約破棄以来、知香は頑なに、「連城くん」と透のことを呼んでいた。

けれど、愛乃が透の婚約者となってから、知香も「透」呼びに戻っている。

こないだ近衛家の屋敷で会ったときは、愛乃にそのことを指摘されて、知香はうろたえていた。


でも、今の知香は静かにうなずいた。

「だって、私たち、幼なじみでしょう？　だから、それが自然な気がするから」

「今でも、俺のことを幼なじみだって言ってくれるんだね」

「だって、事実だもの。……たとえ婚約者でなくなっても、透が私のことを嫌いになっても、私たちが幼なじみだったことは、変わらない」

そう言うと、知香は恥ずかしそうに目を伏せた。

相変わらず知香のタオルは際どい状態だったけれど、それより驚いたのは、「透が知香を嫌っている」という発言だ。

逆のはずだ。

たしかに透は知香を見捨てて逃げたかもしれない。でも、それで嫌いになったわけではない。

逆に、知香が透を憎んでいるのだと思っていた。

知香は透と婚約者だったことを思い出したくないとも言った。そして、透を突き放すような冷たい態度を取っていた。

嫌われているのは、透の方だったと思う。透が知香を見捨てて、誘拐犯から一人だけ逃げたから。

透がそう言うと、知香はもじもじと小さな手を、大きな胸の前で組み合わせた。

「そうよ。私は透のことなんて大嫌い。でも、それは……透が私を見捨てて逃げたことが理由じゃないの」

「違うの？」

「透が逃げちゃったことがショックじゃなかったら嘘になる。でもね、本当に嫌だったのは、透と私の婚約が破棄されたことだったの」

「え？」

「透は、私との婚約が破棄されるのも、家からも追い出されるって聞いても、仕方ないって諦めていたでしょう？」

「まあ、そうだね」

言われてみれば、そのとおりだ。知香たちへの罪悪感もあったし、もともと近衛家の傍流の存在でもあるし、ぞんざいに扱われても仕方ないと思っていた。

でも、透以外の人間がそう思っていたとは限らない。

知香は言う。

「どうして……あのとき、透は全力で抵抗してくれなかったの？『近衛知香の婚約者でいたい』って、一言でも言ってくれればよかったのに。そうすれば、私は透を許せたのに。透と一緒にいられるように……できたかもしれないのに！」

知香は悲痛な声でそう言った。

透は、知香がそんなふうに思っていたなんて、全然知らなかった。あのとき、愛想を尽かされたとばかり思っていたのだ。

知香が黒い瞳で上目遣いに透を見つめる。

「私って、透にとってそんなにどうでもよい存在だったの？　従妹なのに、幼なじみなのに、婚約者だったのに、透は私なんていなくても平気って顔で、家から出ていっちゃった」

「そうするように近衛家から言われたんだよ。知香が決めたことじゃないけど、それでも俺は逆らえなかった」

「わかってるよ。私も悪いのは、わかってる。だけど……透がリュティさんと一緒にいて幸せそうにしているのを見ると……許せないの。私はやっぱり、いらない子だったんだって」

知香の瞳から一筋の涙がこぼれた。そして、耐えきれなくなったのか、しくしくと泣き始める。

目の前にいるのは、幼い日の知香と同じで、弱く孤独な、助けを必要としている女の子だった。

透は知香のしなやかな美しい体が、ほとんど裸であることも、バスタオルが水で透けていることも、忘れてしまった。

ただ、目の前の幼い少女を慰めてあげたかった。

だから、透はそっと、知香の背中に手を回す。

「透……？」

知香が泣き止んで、透を見上げる。

そして、透は知香をぎゅっと抱きしめた。そうしたのは、愛乃に対する異性としての感情によるものではなく、家族愛のようなものが原因だったと思う。

だけど、見ている側が、そう思うとは限らない。

風呂場の扉が開き、愛乃が現れたのは、そのときだった。

愛乃は上機嫌に「ふんふふんー♪」と歌いながら、風呂場に入ってきたが、ピタッと足を止めた。

透が知香を浴槽の中で抱きしめているのを見たからだ。

愛乃は、こないだと同じで、ぎりぎり大事なところを隠せているかどうか、というぐらいの際どいバスタオル姿だった。

ただ、いつもと違って、少し動揺している。

「と、透くんと近衛さん、仲直りできたの？」

透と知香は顔を見合わせ、それから恥ずかしくなって、慌てて互いから離れる。

知香は湯船の壁際まで移動し、ツンと澄ました表情になる。でも、さっきまで泣いていたから、その目は赤かった。

「べ、べつに仲直りなんてしていないわ」

「本当に？　目が赤いのは……泣いてたんだよね？」

「っ……！」

知香がみるみる顔を赤くした。

プライドの高い知香は、愛乃に泣いていたなんて知られたくないだろう。

愛乃は困ったような表情を浮かべる。

「二人が話す時間が必要かなって思って、わたしはわざと遅れてきたんだけど……」

道理で遅かったわけだ、透は思う。

知香を素直にするため、という愛乃の目的を考えれば、そういうことをしても確かにおかしくない。

愛乃は首をかしげた。

「でも、透くんの方から近衛さんを抱きしめているなんて、意外だったの。……わたし、お邪魔だったらいなくなるよ?」

「邪魔だなんてそんなことないよ」

「そう？　もう少し、二人きりで話した方がいいのかな、って思うけど」

「そんなことないよ。三人で入るって話だったよね」

透は焦ってそう言った。

愛乃がいなかったら、透は知香と二人きりになる。

しかも知香の言葉を総合すると、知香の本心は透の婚約者でいたかった、ということらしい。

気持ちの整理が追いつかない。

そんな知香と一緒にいて、どんな話をすればいいか、わからなかった。

というわけで、今、透にとって、愛乃がいなくなってしまうのは困る。

愛乃はちょっと嬉しそうに「そっか」と言って、湯船に浸かろうとした。

ところが、知香がぎゅっと透の右腕にしがみつく。

胸を押し当てられる形になり、その感触に透はどきりとする。ちらりと知香の胸元を見ると、相変わらず透けたバスタオルの上から、小さな桜色の突起が見えている。

透は一気に冷静さを失いそうになった。

でも、知香はそんな透の内心には気づいていないのか、愛乃のみをまっすぐに見つめていた。

「リュティさんは私に素直になれ、って言ってくれたよね。なら、私が……透を渡したくないって言ったらどうする？」

愛乃は白い頬に手を当てて、そして、にっこりと微笑む。

その青いサファイアのような瞳は、射抜くように知香を睨み返していた。

「透くんはわたしの婚約者だもの。渡すわけにはいかないよ」

「でも、先に透を好きになったのは私なのに……！」

「大事なのは今、この瞬間だよ。そうだよね、透くん？」

急に話を振られて、透は硬直した。しかも知香がさらっととんでもないことを言っていた気がする。

真横に密着する知香はちらりと透を見つめる。

一方、正面の愛乃は、湯船の前のタイルに腰をかがめ、透の目を覗き込む。

抱え膝で座り込む愛乃は、バスタオルから大事なところがちらちらと見えそうになっていて、透はどきどきさせられた。

でも、愛乃の大きな胸の谷間や、白い太ももに目を釘付けにしている場合ではなかった。

愛乃はくすっと笑い。それから、少し不安そうに青い瞳を揺らし、透にささやいた。

「わたしのことを……透くんは必要としてくれるよね？」

愛乃がどうしてそんなことを問いかけたのか、透にはわからなかった。しかも愛乃の表情に一瞬影が差した気がする。

けれど、次の瞬間には、愛乃の顔はぱっと明るく輝いていた。

そして、バスタオル姿の愛乃はくすくすっと笑い、知香を見つめる。

知香が不審そうに愛乃を見つめ返した。

「な、なに？」

「近衛さんって、意外とうっかりさんだよね？」

「え？」

「タオルの胸元、見てみたほうがいいんじゃないかな」

愛乃の指摘で、知香ははっとした顔になる。

そして、自分の胸元を見て、みるみる顔を赤くした。

知香のバスタオルは相変わらず透けていた。

知香は悲鳴のようなくぐもった声を上げると、両手で胸を隠し、透を睨みつけた。

「透！　き、気づいていたでしょ？」

「ご、ごめん。言い出せなくて……」

「さ、最低っ！　エッチ！　変態っ！　透なんて大嫌いっ」

知香は涙目で、透を睨みつけた。

でも、その頬は恥ずかしそうに赤く染まっている。そして、知香が言葉ほど、透を憎んでいないことを、透自身も今は知っていた。

愛乃が後ろから、透の耳元にささやく。

「素直になった近衛さんのおっぱい、触ってあげたら？」

愛乃の声が透の耳元をくすぐり、透は頬が熱くなるのを感じた。

「そ、そんなことできないよ。近衛さんが許すわけがない」

「そうかなあ？　なら……」

愛乃はいたずらっぽく微笑むと、湯船に静かに入り、知香の背後へと回った。

知香が警戒したように、びくっと震える。

「な、なに？」

「透くんの代わり♪」

愛乃は知香の胸に背後から手を回し、そして、その胸を隠す手をつかみ、どかしてしまう。

「ちょ、ちょっと……」

知香はふたたび、透に透けたバスタオル越しに胸をさらけ出すことになる。

抗議しようとする知香から、バスタオルすら愛乃は奪おうとした。

「ひゃっ！　な、なにするの？」

「体も心も、裸になれば近衛さんも、もっと素直になれるんじゃないかなって思って」

「や、やめてってば……！」

「近衛さんは自分の気持ちに正直になったほうがいいと思うな。透くんに色々されたいんでしょ？」

「ち、違う……！　あっ……きゃあっ」

「わたしは透くんにエッチなことをしてほしいんだけどな」

愛乃の手が知香からバスタオルを奪おうとし、知香は頬を上気させてそれに抵抗していた。

愛乃が引っ張るたびに、際どい感じで知香のバスタオルが翻る。

知香のバスタオルが落ちてしまうのも時間の問題のようにも見えた。

「ほ、本当にやめて！」

知香ははぁはぁと荒い息遣いで、懇願するように愛乃に言う。

透は二人の様子に目が釘付けになってしまった。

ほとんど裸の美少女二人が、目の前でとんでもないことをしている。

愛乃は上機嫌に知香に言う。

「まあ、このぐらいで許してあげようかな」

愛乃はぱっと知香から手を放して解放する。知香は慌てて湯船から逃げ出した。

知香はホッとした様子で、横で見ていた透も安心する。ところが、慌てすぎたのか、知香は湯船から上がった拍子に、その体からバスタオルが落ちてしまった。

「あっ……」

知香の白い裸の体が、透の目にさらされる。

すらりとしていて、とてもきれいで思わず見とれてしまう。

知香は透に裸を見られ完全にショートしてしまったのか、「きゃあああああっ」と大声で悲鳴を上げると、風呂場から走って逃げ去ってしまった。

透と愛乃は顔を見合わせる。

そして、愛乃は申し訳無さそうに、両手を合わせた。

「ちょっとからかいすぎちゃったかも」

「な、なんであんなことをしたの？」

「近衛さんに嫉妬したの」

愛乃はさらりと言った。けれど、その青い瞳は真剣に透を見つめていた。

「やっぱり、二人は本当は仲良しなんだなって、わかっちゃった」

「そんなことないと思うけど……」

「近衛さんは今でも透くんのことを好きなんだよ。透くんもわかっているでしょう？」

愛乃の言うとおりだった。知香は透に今でも特別な感情を持っている。

でも、もう透と知香は婚約者でもない。もとに戻ることはできなかった。

愛乃が透の瞳を覗き込む。

「わたしは透くんのことを近衛さんに渡したくないって言った。でもね、もし二人が今でもお互いのことを好きなら、わたしはお邪魔かなって思っちゃった。わたしは……」

愛乃は寂しそうに微笑んだ。

透は愛乃にそんな表情をしてほしくなかった。

愛乃の力になると約束したし、今の透は愛乃の婚約者なのだから。

知香を抱きしめたのだって、家族愛のようなものなのだけれど。

でも、それを言葉で伝えても、説得力がないかもしれない。愛乃は信じてくれないかもしれない。

だから――。

「え？」

次の瞬間、透は湯船の中の愛乃を抱きしめた。

愛乃の小柄で柔らかい体は、透の腕の中で小さく震えていた。

「と、透くん？」

「いきなり抱きしめてごめん」

湯船の中で、透は愛乃を抱きしめていた。

愛乃は首をふるふると横に振り、そして、その顔を赤くした。

「ううん。嬉しいけど……急にどうしたの？」

「こうしたほうがいいかなって思って」

「近衛さんのことを抱きしめていたから、わたしにも同じことをしてくれたってこと？」

愛乃が澄んだ瞳で、透を上目遣いに見る。

たしかに透は、泣いている知香を抱きしめた。ほとんど裸の女の子を抱擁し、慰めていた。

それは愛乃からすれば、透が知香に対する異性としての好意の表れに見えたかもしれない。

でも、それは違う。

透は深呼吸をし、そして言う。

「近衛さんはさ、仲違いをしても、従妹で幼なじみなんだよ。だから、ずっと家族のように思ってきた」

「……羨ましいな。わたしは……透くんの従妹でもないし、幼なじみでもないものね」

「でも、今の俺の婚約者は、愛乃さんだ」

愛乃が目を見開き、まじまじと透を見つめた。

そして、嬉しそうに微笑んだ。

「そうだよね。透くんは……わたしのものだもの」

「愛乃さんも、俺のものだからね」

愛乃の体を抱きしめる力を、透は少し強めた。愛乃の柔らかい胸の感触が自分の胸板にあたるけれど、気にしないことにした。

透は愛乃に負い目があった。愛乃は、知香に遠慮しているように見える。

それは、知香が透に見せる複雑な感情と同時に、透の言動も原因だと思う。

透が知香に未練がないかといえば、完全に否定することはできない。

それでも、透は愛乃の婚約者となることを受け入れた。その力になるとも約束した。

（それに、お風呂に一緒に入ったり、一緒のベッドで寝たりもしたし……）

だから、愛乃には、知香に遠慮なんてしないでほしかった。

愛乃は透に抱きすくめられ、びくっと震える。

「透くん、今日はちょっと強引だよね。でも、強引な透くんも……悪くないかも」

「本当にそう思う？」

「うん。透くんにいろいろしてもらうのは……嬉しいもの」

愛乃は恥ずかしそうにうなずいた。

そして、愛乃は目をつぶり、唇を上に向けた。

透はどきりとする。

（こ、これって……いわゆるキス待ち顔⁉）

透は愛乃をハグできても、キスできるほどの勇気はなかった。

けれど、愛乃は言う。

「婚約者にしかできないこと、してほしいな」

「そ、それって……」

「近衛さんとは……ただの幼馴染や従妹とは、キスしないでしょう？」

愛乃はそうささやいた。

たしかにそのとおりだ。

愛乃は甘えるように、青いサファイアのような瞳で透を見つめる。

「ねえ、して？」

「で、でも……そんなこと、いきなりできないよ」

「わたしは、透くんに妊娠させられたっていいんだよ？　できないことなんて……なにもないよ」

透の腕のなかの愛乃は、恥ずかしそうに告げた。

キスしてもいい、妊娠したっていい、なんて愛乃は言うけれど、そんなわけにはいかない。

愛乃はドキドキした様子で、透を上目遣いに見つめる。

「キスだけじゃなくて、胸やお尻を触ってくれてもいいんだよ？」

「そ、そんなことできないよ」

うろたえる透に、愛乃がくすっと笑う。

「真っ赤になっちゃって、透くん、可愛い！」

「からかわないでよ……」

「わたしは本気。キスだけじゃなくて、胸でもどこでも触ってもいいし、何をしてもいいの。わたしを……透くんのものにしてほしいな」

その愛乃のささやきは妖艶で、ぞくりとするほど心地よく響いた。

透はそっと愛乃から離れる。

愛乃と密着して、抱きしめていたから、胸とか体に触れるためには一度離れないといけない。

(い、いや、何もするつもりはないんだけれど……)

バスタオル姿の愛乃は、肌をほんのりと赤く染めて、透を待ちわびるような、期待するような表情を浮かべていた。

透は愛乃の胸にそっと手を伸ばしかけ、けれど、その手を止めた。

愛乃は、攻められるのに弱い、というのは今日の発見だった。

予想外のアプローチを取られると、愛乃はうろたえてしまう。そういうところも可愛いな、と透は思う。それに、愛乃の言う通りにするわけにもいかない。

「愛乃さん……じゃあ、体を洗ってあげよっか」

「えっ」

透の提案に、愛乃はびっくりした様子だった。

そして、もじもじとする。

「と、透くんがわたしの体を洗ってくれるの?」

「そうそう」

「い、いやらしいことをするつもりなんだ……」

「そんなことしないよ」

透は言ってみたものの、自分でもまるで説得力がないと思う。

「ダメかな?」

「キスの方がいいけど……それも悪くないかも。そんなこと近衛さんにはしないよね？」

「まあね」

透がそう言うと、愛乃は満足そうな笑みを浮かべた。

透は愛乃の腕を軽くつかむ。愛乃はびくっと震えるが、まんざらでもなさそうだった。

透は愛乃の手を取ったまま、二人で風呂から上がると、歩いてシャワーの前に来た。

そして、透は椅子を指し示す。

「ここに座って」

「う、うん……」

愛乃は緊張した様子で腰掛けた。そして、透はその背後に立つ形になる。

正面には鏡があって、バスタオル姿の愛乃を写している。

バスタオルの上から、愛乃のなだらかでしなやかな体のラインがはっきりと見て取れる。

愛乃がむうっと頬を膨らませた。

「透くんの目つきがどんどんエッチになっている気がする……」

「そういうふうに愛乃さんがさせたんだよ」

「わたしがエッチな悪い子みたいな言い方だね？」

「実際、そうだと思うけど」

透が笑ってそう言うと、愛乃はわざとらしくツンとした表情を作った。

「透くんがエッチなのがいけないんだよ」

「まあ、そうかもね。でも、愛乃さんが可愛いのが悪いんだよ」

透がささやくと、愛乃はあたふたとした様子になる。「可愛い」と直球で言われて照れているんだと思う。やっぱり、攻められると弱いのか。

そして、愛乃はふと気がついたように言う。

「ねえ、体を洗うときって、バスタオル、どうしよう……」

「ええと……」

たしかにバスタオルをつけたままでは、当然、体を洗えない。

透は覚悟を決めた。

「バスタオル、脱がしていい？」

「そ、それは……」

「何をしてもいいって言ったよね？」

「透くんの意地悪……。でも、いいよ。透くんがどうしてもわたしの裸を見たいって言うなら……許してあげる」

愛乃はいたずらっぽく青いサファイアのような瞳を輝かせた。

愛乃は、怯えた様子も一切なく、ただ透を信頼しきって、むしろ期待するように透を見つめていた。

そして、透はそっと愛乃の背中のバスタオルに手をかけた。

透は愛乃のバスタオルを静かに下に引っ張った。すると、愛乃の大きな胸がこぼれるようにあらわになる。

そのままバスタオルを剥ぎ取ってしまう。

鏡には、裸の愛乃が写っているわけだけれど、透は思わず目をそらしてしまった。

一方の愛乃は頬を真っ赤にして、両手で胸と下腹部を隠した。

「は、恥ずかしい……」

「えっと、今からでもやめようか？」

「ううん。大丈夫。恥ずかしいけど、嬉しいもの。わたしの体……これから、透くんに滅茶苦茶にされちゃうんだね？」

「か、体を洗うだけだよ……」

「じゃあ、おっぱいも触られちゃうんだ？」

「ま、前は洗わないから。背中だけ……」

「本当に？」

愛乃がくすっと笑う。

何もするつもりはないけれど、たしかに理性が維持できるかは心配なところだ。

透が答えられないでいると、妙な空気になる。

「わ、わたし、もしかして透くんに襲われちゃう？」

愛乃があたふたした様子で言うので、透はぶんぶんと首を横に振った。

「そんなことしないよ」

話題を変えないといけない。透は慌ててボディソープを手にとって、そして、愛乃の背中を素手で洗い始めた。

愛乃がびっくりした様子で、「ひゃうっ」と悲鳴をあげる。

「へ、変な声出さないでよ」

「だ、だって、透くんの手が冷たいんだもの」

「ごめん」

「ううん。でも、透くん、大胆だね……」

考えてみると、愛乃の肌に直に触れてしまっている。

でも、今更やめるわけにもいかなかった。

愛乃の背中はとても小さかった。小柄な少女なのだから、当然だけれど。

改めてじっくり見ると、愛乃の肌はきめ細やかで、真っ白な雪のようだった。

北欧系という愛乃の血筋を改めて思い出す。

愛乃がつぶやく。

「透くんの手、やっぱり大きいね」

「そうかな」

「そうだよ。……男の子だものね」

愛乃は幸せそうに、つぶやいた。

そんなふうに、愛乃は素直に透との触れ合いを喜んでいるのに、透は邪な思いを抱かずにはいられない。

鏡に写る愛乃の胸元に目が行ってしまう。透はそんな考えを振り払おうとした。

とりあえず、透は愛乃の背中をシャワーで流すことにする。

ところが、温水にしていたはずのシャワーの水が冷たくなっていた。

跳ねるシャワーの水しぶきの冷たさに透は驚いたけど、直接背中に浴びせられた愛乃はもっとびっくりしていた。

「つ、冷たいっ！」

愛乃は悲鳴を上げ、体を跳ねさせる。

慌てて透はシャワー止めて、温度を調整した。

「ごめん。愛乃さん、大丈夫……？」

見ると、愛乃はこくこくとうなずいていたが、驚いた拍子に胸と下腹部を隠していた手を放してしまったらしい。

鏡に一糸まとわぬ愛乃の体が写っている。

小柄だけど、胸が大きくて、すらりとした肢体に透はどきりとする。

愛乃は、うろたえた様子で、慌ててふたたび両手で隠そうとするが、透がその手を止めてしまう。自分でも何をしているかわからなかった。

「と、透くん……？　どうしたの？」

「愛乃さん……」

「か、顔、怖いよ？　もしかして、わたし、本当に襲われちゃう？」

「そんなことはしないよ。しないけど……」

「それなら、わたしの胸も洗ってみる？」

愛乃は目を伏せて、ささやくようにそう言った。

目の前には裸の愛乃がいて、そして、透を期待するように見つめている。

胸も透に洗ってほしい、なんて愛乃は言ったけれど、もちろんそんなわけにはいかない。

（いや、ダメな理由なんて……ないのかもしれない）

愛乃はそれを望んでいて、透も愛乃に必要とされることは嬉しくて……。今、愛乃の腕を透はつかんでいる。

その手を引き寄せれば、愛乃の体は透の腕のなかに収まってしまう。

そして、愛乃はいたずらっぽく青い瞳を輝かせる。

「このままだと……わたし、本当に妊娠しちゃうかもね」

「そ、そんなことしないよ」

「そんなことってどんなこと？」

「それは……」

「わたし、透くんの赤ちゃん、生んでもいいんだよ？」

愛乃は熱に浮かされたように、そんなことを甘い声でささやいた。

透はそっと愛乃の胸に手を伸ばした。

「と、透くん……？」

「やっぱり胸も洗ってあげるよ」

「え、でも……ひゃうっ」

透はふたたびボディソープを手につけると、愛乃の胸を背後から揉みしだいていた。

「ふわあああっ、と、透くん……そこっ、ダメえっ……あっ」

胸をいじられ、愛乃は身をよじって逃れようとする。けれど、透の力に抑え込まれてしまう。

「あっ、んんっ。やだっ」

「何をされてもいいんじゃなかったの？」

「そうだけど……でもっ、こんなの……恥ずかしいよっ。あうっ」

愛乃は荒い息遣いであえいでいたけれど、透を受け入れていた。

そして、愛乃は透に体をもてあそばれながら、妖艶な笑みを浮かべる。

「わたし、透くんのものにされちゃうんだ」

「そうなったらどうする？」

「それもいいかも……あっ」

愛乃の大きな胸が透の手の動きに合わせて形を変える。

ふたたび透は愛乃のお尻を触ってみた。

「あっ……またお尻……んんっ。こ、このままだと……わたしのおっぱいもお尻も透くんの形に変えられちゃうかも……」

愛乃は熱に浮かされたように、そんなことを甘い声でささやいた。

そのままだったら、きっと透は止まれなかっただろう。キスをして、その小さな体を蹂躙して、最後までしてしまっていたと思う。

けれど、そうはならなかった。

もちろん、透が思いとどまったわけでも、愛乃が止めたわけでもない。

「あ、あなたたちっ……な、なにしてるのっ！」

叫び声に振り返ると、そこには知香がいた。

なぜかスクール水着を着ていて、顔を真っ赤にしている。

知香の姿を見て、透はすぐに冷静に……はならなかった。

半分理性が飛びかかっている。

知香のいる目の前で、愛乃の胸を揉みしだいてしまう。

愛乃がびくっと震えた。

「だ、ダメっ。近衛さんが見てる……！」

その言葉でも、透は冷静になれなくて……。

「あうっ」

愛乃は甘くあえぎ、相変わらず透に好き放題されていた。

一方の知香は耐えられなくなったのか、透と愛乃のあいだに割って入ろうとする。

「私の見ている前で、ハレンチなことをするなんて許さないんだから！」

知香は無理やり透と愛乃を引き剥がそうとする。

けれど、その拍子に透は体のバランスを崩してしまった。しかも床は洗剤でぬるぬるしているから——。

「え？　きゃあああああっ」

透は知香と愛乃を巻き添えに、前のめりに倒れ込んでしまった。

三人仲良く、浴室の床に倒れ込む。

「痛いっ……」

知香の小さな声で、透ははっとする。

知香と愛乃は床に仰向けに倒れていて、透はその上に覆いかぶさるような形になっている。

愛乃はちょっと楽しそうに、知香は恥ずかしそうに透を見つめていた。そして、ふたりとも頬をほんのり赤くしている。

「ど、どいてよ……」

知香の言葉に、透は素直に「ごめん」と言って、上からどいた。

一気に頭が冷える。

(危なかった……)

知香が来なかったら、どうなっていたことか……。

そういう意味では知香には感謝しているけれど、一つ聞きたいことがある。

「ところで、なんでスク水なの？」

透の問いに、知香は顔を赤くする。

「だって、こうすれば、さっきみたいにタオルが透けたり、タオルが落ちて裸になっちゃう心配がないでしょ？」

「まあ、そうだけど……」

横から愛乃がくすっと笑い、口をはさむ。相変わらず愛乃は裸で、手で体を隠している。

「近衛さんも本当は、透くんと一緒にお風呂に入るのをすごく楽しみにしていたんだね！」

「そ、そういうわけじゃなくて……。だ、だいたい、私がいないと、あなたたちさっきみたいに、いかがわしいことをしようとするでしょう？　本当に妊娠しちゃうわ！」

「わたしはそれでもいいんだけど……」

「よくない！　二人とも高校生なんだから！　これからも、二人がお風呂に入るときは、私が監視するからね？」

そもそも、透と愛乃が一緒に浴場にいるのを禁止すればいいのではないかとも透は思ったが、黙っておくことにした。

知香が咳払いをする。

「リュティさん……ちゃんとタオルをつけてよ」

「はーい」

愛乃は素直にうなずいて、それから首をかしげる。

「まだ、洗剤が残っているから、洗い流さないと」

「それはいいけど……透は見ちゃダメだからね？」

透も流石に素直にうなずいた。それにしても、知香の目の前でとんでもないことをしようとした気がする。

知香は透のことを嫌っていないと言っていたけど、今度こそ、本当に嫌われたのではないかと心配になった。

ところが、愛乃がシャワーを使っているあいだに、知香は透の耳元に唇を近づけた。そして、恥ずかしそうに、目を伏せて、小声で透にささやいた。

「私が背中を流してあげる」

「え？」

「リュティさんばかり、ずるいもの……」

知香は顔を赤くしたまま、すねたようにつぶやいた。

「で、でも……」

「いいから！　座りなさい！」

「は、はい」

透は言われた通りに椅子に座った。

その背中を知香が素手で洗っていく。

洗剤をつけた女の子の小さな手が透の背中を優しく撫でる。

「どう？　気持ちいい？」

「き、気持ちいいけど……なんでこんなことを？」

「男の子の背中を流すのは、幼馴染の特権だもの」

知香はくすくすと笑いながら言った。

そんな特権は聞いたこともない。

でも、かつて仲違いした幼馴染がこんなふうに優しく接してくれることが透には嬉しかった。

「あっ！　近衛さん、ずるーい！　抜け駆けはダメだよ」

愛乃が身体から洗剤を流し終わったのか、バスタオルをちゃんと巻いた姿でこちらにやってくる。

知香がむっと頬を膨らませる。

「抜け駆けしたのはどっちよ！」

「わたしは婚約者だから抜け駆けじゃなくて、当然のことをしただけだもん」

「それを言うなら、私だって透の幼馴染よ！」

バチバチと愛乃と知香が視線で火花を散らす。

透は婚約者と元婚約者の様子を眺め、冷や汗を流した。

この二人の女の子はどちらも透と一緒に住むつもりで、そして透を大事に思ってくれている。

そして、二人は学校で一二を争う美少女で、透にとっても特別な存在だった。

「明日の夜もわたしと一緒にお風呂に入るよね？」

「わ、私もあなたたちを監視するんだから！」

愛乃と知香は二人揃って透を上目遣いに見つめ、くすりと笑った。

エピローグ

結局、知香にも背中を流され、愛乃にはふたたび一緒に湯船に浸かろうと言われ……。

わいわいと言い合いをしている愛乃と知香と一緒に、透はのぼせそうになるまでお風呂に入った。

ちょっと前までは想像もできなかった生活だ。

明日も明後日もこんな生活が続くんだろうか？

脱衣所で透はそんなことを考えた。

ちなみに、愛乃と知香は透の背後で着替えている。

「『見ちゃダメなんだからね？』」

愛乃はくすくす笑いながら、知香は頬を膨らませてそう言ったけれど……。

すでに一糸まとわぬ姿を見てしまった以上、今更な気もする。

透の婚約者になりたいと言ってくれた愛乃。

かつては婚約者で、今も大事な幼馴染の知香。

透は二人と一緒に家に住んでいて、そして二人に向き合う必要がある。

それだけではない。

透のことを好きだと言ってくれた明日夏もいる。彼女の思いも受け止めないといけない。

そして、秘書の冬華や近衛家当主は、透たちの思いとは無関係に動いている。

(これからどうすればいいんだろう?)

本当に大事なものは何か?

自分はどうしたいのか?

考えなければ答えは得られない。透は愛乃を守ると約束した。彼女には幸せでいてほしいと思う。

そのために何ができるだろう?

「透くん♪」

「わっ」

愛乃に後ろから抱きつかれ、透は驚きのあまり腰を抜かしそうになる。

透が考え事をしているあいだに、いつのまにか着替えを終えたらしい。

「着替えるの手伝ってあげよっか?」

「ひ、一人でできるよ」

「えー、でも……」

「それに、愛乃さんにはもっと別のことを手伝ってほしいし」

「別のこと?」

愛乃が首をかしげる。

そう。たとえどんな困難があっても。

愛乃が……婚約者が一緒にいれば乗り越えられる気がするから。

くすっと愛乃は笑う。

「わたしが力になれることなら、透くんのためにできることがあるなら、何でもするよ」

愛乃はまるで天使のような優しい表情で、そう言ってくれた。

《了》

特別収録① IFストーリー もしお風呂で透の理性が崩壊していたら

透と愛乃に与えられたお屋敷。その豪華な浴場で、透と愛乃は二人きりで湯船につかっていた。

(ど、どうしてこんなことに……？)

バスタオル一枚のほとんど裸の愛乃が、透の後ろからぎゅっと抱きついている。

「連城くんがそうしたいなら、わたしの身体……胸でもお尻でもどこでも触ってみてもいいんだよ？」

そして、愛乃は透の耳元で、甘い声でささやいた。

悪魔のような、魅力的な提案だ。

「そ、それは……まずいよ」

「連城くんが望むようにしていいの。それがわたしの望みだもの」

愛乃が甘えるように、そう言う。

透は焦った。

このままでは愛乃に流されてしまう。一度その提案を聞いて胸を触ったら、行くところまで行ってしまうだろう。

お互いほぼ裸なのだから。

ブレザーの制服姿で、お腹を大きくして、「透くんの子どもだよ？」と妖艶に微笑む愛乃を想像してしまう。

透はくらりとめまいのするような感覚に襲われた。

そうなるわけにはいかない。

（……でも）

愛乃は、透にそうしてほしいと望んでいる。胸を触っても、もっと恥ずかしいことをしても、愛乃は受け入れてくれる。

そして、透は愛乃に言ったとおり、健全で馬鹿な男子高校生なのだった。

透も愛乃のような可愛い女の子とそういうことをしたくないといえば、嘘になる。

周囲の状況もそれを認めている。透と愛乃は婚約者なのだから。

（少し触るだけなら、良いかもしれない……）

原因を作ったのは愛乃で、愛乃がそうしていいと言っているんだから、何も遠慮する必要はない。

「えっと、本当にしてもいい？」

「う、うん……連城くんが望むなら」

愛乃がそっと透の背中から離れる。そして、透は浴槽のなかでくるりと回れ右をして、愛乃に振り向いた。

愛乃は湯船のなかで、顔を真っ赤にして透を見つめていた。

水分を吸収したタオルが、ぴったりと体に張り付いていて、体のラインが明らかになっている。

金色の流れるような髪が、愛乃の体にかかっていて、扇情的だった。

しかも、バスタオルは大きな胸のすべてを隠しきれていなくて、胸の谷間がちらりと透を誘うように見えている。

愛乃がくすっと笑う。

「連城くんがわたしの胸を見る目……エッチだね」

「そういうふうにさせたのは、リュティさんだよ」

「うん……そうだね」

愛乃は緊張したように、深呼吸した。その動作で、愛乃の胸が上下して、軽く揺れる。

透はどきりとした。

あの身体を、これから触るのだ。

(どうしてこんなことになったんだろう……？　やっぱり、問題があるのでは……？)

透の頭の中の理性が、そう問いかけるが、もはや、ほとんど意味はなかった。

愛乃が両手で、自分の胸に手を添え、そして押し上げるような仕草をする。

浴槽のなかで、愛乃の胸が誘惑するように形を変えた。

「ど、どうぞ……連城くん。好きにしていいよ？」

「う、うん……」

透はそっと愛乃のお尻をバスタオルの上から撫でる。

「ひゃうっ。お、お尻から!? あうっ」

透は手で、さわさわと愛乃の大きなお尻を撫で回してみた。弾力感もあって、とてもさわり心地がいい。

愛乃が荒い息遣いで呼吸しながら、ジト目で透を睨む。

「やっぱり、連城くんのエッチ」

透の手は愛乃のバスタオルの中に潜り込み、直にそのお尻を撫で回す。正直、透は理性が吹き飛びそうになっていた。

愛乃は、かあっとますます頬を赤くし、けれど無抵抗に透を受け入れていた。

そして、愛乃が甘くあえぎながら、透を見上げる。

「あっ、んっ……お尻ばっかりじゃなくて……」

「胸も触ってほしいってこと?」

透はからかうように聞いたが、愛乃は目を伏せて、小さくうなずいた。

そして、透はタオルの上から、愛乃の胸を両手でそっと触る。

「ひゃうんっ」

愛乃がびくんと震え、甲高い声を上げる。

その大きな胸は柔らかくて、心地よかった。

軽く指に力を入れると、質感の良い胸に指が沈み込む。

愛乃が「んっ」と恥ずかしがるような声を上げた。

「連城くんは……き、気持ちいい？」

「う、うん……」

愛乃の言う通り、初めて触る女の子の胸は、透の理性を吹き飛ばしていた。

自分の無力も、愛乃に対する責任感も、守ってあげたいと思ったことも、すべて忘れそうになる。

でも、それで良いんだろうか？

透の頭に一瞬そんな考えがよぎったが、愛乃の胸の小さな突起のような感触がそんな考えを消失させてしまった。

タオルの上からでも、はっきりとわかってしまった。

「れ、連城くん……そ、そこはダメッ」

愛乃のきれいな声が、どこか遠くで聞こえるような感じがした。

タオルの上からでなく、直接触ったら……どうだろう？

透は愛乃のタオルにそっと手をかけ、愛乃は「あっ」と小さな甘い吐息をもらした。

もともとタオルの丈が短すぎて、愛乃は脚も胸も十分に隠しきれていなかった。

けれど、それでもタオルがなくなれば、愛乃の白い肌は、すべて透の前にさらけ出されることになる。

「れ、連城くん……ひゃうっ」

透が愛乃の胸を覆うタオルを剥ぎ、大きな胸がこぼれるように露わになる。

愛乃はかあっと顔を赤くした。愛乃は反射的に手で胸を隠そうとしたようだが、それより速く、透は愛乃の胸を正面から直接触ってしまった。

「あっ、は、恥ずかしいよ……連城くんっ」

愛乃のきれいな声は、もはやどこか遠い世界のことのように感じられた。

その小さな赤い唇も、白い脚も、透の好きなようにできる。

愛乃も周囲もそれを認めている。

なら、何も遠慮することはない。

愛乃は透に胸をまさぐられ、「あっ、んんっ」と甘い声であえいでいる。

愛乃も透にそうされても良いと言った。妊娠してもいいとすら言ったのだ。

だから、これは愛乃の望んでいることで……。

透は、両手におさまらないほどの愛乃の大きな胸を触りながら、そのお尻にも手を伸ばそうとする。

愛乃のバスタオルはすべて剥ぎ取られている。

透も愛乃も全裸だった。

愛乃は浴槽の隅に追い詰められていて、その白い肌を朱に染めている。

このままだと、確実に間違いが起きる。

それでも透は止められなかった。

その瞬間、愛乃がびくっと身じろぎする。

透は、愛乃の下半身に伸ばしかけていた手をぴたっと止める。

愛乃は青い瞳を潤ませ、そして、怯えるように震えていた。

その愛乃の目を見て、透は一気に冷静になった。

そして、自分のしたことを思い出し、うろたえた。

完全に理性を失っていた。

「ごめん、リュティさん。怖かったよね？」

「え……？　ぜ、ぜんぜん、そんなことないよっ！　連城くんの好きにしていいって言ったのは、わたしだし」

「でも、リュティさん、怖がっていた」

「違うもの！　わたしは連城くんに何をされても平気なの。だから……」

「俺と婚約者でいたいから、無理をしていたんじゃない？」

透がそう言うと、愛乃は口ごもった。

図星なのだろう。

無理やり関係を結べば、たしかに透と愛乃の婚約はより強固なものになる。

愛乃からしてみれば、婚約を解消されるのは、家の事情で死活問題だ。

だから、こういう大胆な行動に出た。透に何をされても良いと言ったし、妊娠する覚悟もあると言った。

それはすべてが嘘ではないのだろうけれど、でも、心の準備ができているかどうかは別問題だ。

透と愛乃は彼氏彼女ではないし、透が愛乃に告白したわけでもないのだから。

愛乃は一糸まとわぬ姿で、青いサファイアのような瞳で、透を上目遣いに見る。

「連城くんは優しいよね。……怖かったのは本当だよ？　だって、わたし……初めてだもの。でも、わたしが透くんに何をされてもいいって言ったのも、妊娠してもいいって言ったのも、嘘じゃないの」

「ありがとう」

「だから、ここで、わたしを連城くんのものにしてくれてもいいんだよ？」

愛乃はそう言って、挑発するように透を見つめた。

裸の金髪碧眼の美少女は、魅力的で、また冷静さを失いそうになる。

けれど、透は首を横に振った。

「そういうことをするのは、俺が本当にリュティさんを大事にできると思ったときで、リュティさんが本当に俺のことを大事に思ってくれたときでいいよ。こんなことをしなくても、俺はリュティさんの味方だから」

透の言葉に、愛乃ははっとした表情になり、そして、嬉しそうに微笑む。

「ありがとう……やっぱり連城くんは優しいよね。だから……」

愛乃はそのまま正面から透に抱きついた。透はどきりとする。

(せっかく冷静さを取り戻したのに……！)

愛乃の大きな胸も柔らかいお腹も白い脚も、すべてが透に密着していた。

そして、愛乃は耳元でささやく。

「今日はこれで許してあげる」

《特別収録① IFストーリー もしお風呂で透の理性が崩壊していたら／了》

特別収録②　IFストーリー　ベッドの上で愛乃がもっと大胆だったら

透と愛乃はベッドの上で密着していた。透がネグリジェ姿の愛乃を押し倒す形だ。

二人きりで誰にも邪魔はされない。

そして、愛乃の大きな胸の谷間は、透を誘うように魅惑的だった。

愛乃の右手が透の頬から動き、透の腕を軽くつかんだ。

そして、愛乃は、透の左手を動かして、自分の胸へと重ねた。

愛乃の大胆な行動に、透はどきりとする。手のひらのなかの胸の感触が、とても生々しい。

愛乃は挑発するように、サファイアのような瞳を輝かせていた。

そして、いたずらっぽく、くすっと笑う。

「透くんって、わたしのおっぱい、大好きだよね？　わたしの胸のこと、いつもエッチな目で見ているもの」

「そ、そんなことないよ……」

「嘘つき……。でも、わたしは透くんがわたしのことをエッチな目で見てくれることが嬉しいんだよ？」

その言葉を聞いて透は愛乃の胸を触る手に、思わず力を込めてしまった。「ひゃうっ」と愛乃が甘い声を出す。

愛乃がここまでしてくれているのだから、透も勇気を出さないわけにはいかない。

透は深呼吸する。

「えっと……愛乃さん、胸を触ってもいい？」

愛乃はぱっと顔を輝かせると、こくりと恥ずかしそうにうなずいた。

透は、愛乃の胸の表面を両手でさわさわ撫でてみた。愛乃がびくんと震える。

「あうっ……。と、透くんの触り方、エッチだよね」

「エッチじゃない触り方なんてできないよ」

「そう……だよね。あのね、さっきと違って、わたし……心の準備ができてるから。だから、もっとエッチな触り方でも大丈夫」

愛乃が頬を赤く染めて、微笑んだ。

その言葉につられ、透は両手に力を入れて、ネグリジェの上から愛乃の胸を揉みしだいた。

「あっ……んんっ」

愛乃が甘い声を上げ、同時に、透の手の動きに合わせて、愛乃の胸が形を変える。

その大きくて柔らかい感触に、透は理性を失いそうで怖かった。

それでも手を止めることはできなかった。

透の手がそっと、ネグリジェの下に潜り込む。

「あっ……」

愛乃が透を青いサファイアのような瞳で見つめた。

風呂場のときも直接触ったけれど、今回はさっきより少しだけ心に余裕がある。

透の手のなかの胸は柔らかくて、とても心地よい触り心地だった。

「やっぱり、わたしの胸って大きい？」

「そ、そうだと思うけど……でも、比較する相手がいないから」

そう言うと、愛乃は嬉しそうにぱっと顔を輝かせた。

「そうだよね！　近衛さんも桜井さんも、透くんに胸を触られたことはないんだものね？」

「も、もちろん……」

「わたしだけが特別で、透くんにエッチなことをされてるんだよね？」

「そうだね。愛乃さんは婚約者だから」

ふふっと、愛乃は誘惑するような、魅惑的な笑みを浮かべた。

透は思わずネグリジェの胸元をはだけさせ、そして、愛乃の胸を直に揉みしだいてしまう。

「あっ……んんっ。そこはっ……あんっ」

愛乃はあえぎ、そして、潤んだ瞳で透を見つめる。

「だ、大丈夫。……恥ずかしいことはないもん。だから、わたしをもっと透くんの特別な存在にしてほしいな」

そして、愛乃は透に甘えるように続きをねだった。

桜色の突起が透を誘うようにツンと立っている。

透は愛乃の乳首を指先でつまんでしまった。

「あっ。乳首、敏感だからっ……あうっ」

透の指先が愛乃の乳首をこりこりっとする。

愛乃は身体をのけぞらせ、ひゃうっと悲鳴を上げた。

「ダメええっ」

「ご、ごめん」

「う、ううん。いいの。透くんがしたいなら……でも、恥ずかしい……。あっ」

透は愛乃の胸の先端を舌で舐めてみた。愛乃はかあっとこれまで以上に顔を赤くする。

「な、舐めても、まだ何も出ないよ……？」

「まだ？」

透が思わず問い返すと、愛乃はふふっと笑った。

そして、いたずらっぽくささやく。

「透くんの赤ちゃんを産んだら、わたしのおっぱいは透くんの子供のためのものになるんだよね」

愛乃の言葉に透は自分の下半身が熱くなるのを感じた。

そして、愛乃もそのことに気づいたらしい。恥ずかしそうに透を見つめる。

「透くんの……あ、あそこが当たってる」

「愛乃さんのせいでそうなったんだよ」

「透くん……ほんとにわたしを妊娠させるつもり？」

「そうだといったら？」

「透くんの赤ちゃんは可愛いだろうなあって思うの」

そう言って、愛乃はくすくすっと笑った。

「透くんは。子供は何人ほしい？　やっぱりサッカーチームが作れるぐらい？」

「そんなにはいらないかな……」

「えー、わたしはほしいのに。それならラグビーチームぐらい？」

「十五人！　増えてる……。まあ、その……そんなに子供を作ったら、愛乃さんに負担をかけちゃうよ」

「あ、わたしが妊娠しているところを想像した？」

「そうだね。想像したよ」

「想像だけじゃなくて、すぐに現実のことにもできるよ」

愛乃はいたずらっぽくささやき、透の下半身に手を添えた。

それだけで、透の心臓がどくんと跳ねる。

「あ、愛乃さん……！」

「わたしは男の子がほしいな。きっと透くんみたいにかっこよくて可愛いもの」

「娘はダメなの？　愛乃さんみたいで可愛いと思うけど」

攻められてばかりだと情けないので、反撃してみる。案の定、愛乃は顔を赤くした。

「か、可愛いといいけど……。でも、可愛かったら、透くんを奪われちゃいそうでやだな。

きっとわたし、自分の娘に嫉妬しちゃう」

「そんな心配ないよ」

「え？」

「子供ができても、俺の一番は愛乃さんだから」

「……！　うん！」

愛乃はとてもとても幸せそうに笑った。

《特別収録②　IFストーリー　ベッドの上で愛乃がもっと大胆だったら／了》

あとがき

初めまして、軽井広です。

え、「初めまして」じゃない？　それは誠にありがとうございます！

私は普段はWEBでいろいろ小説を書いていまして、そうした作品が書籍化したり、コミカライズしたりしています（たまに書き下ろしもあります）。ロシア帝国風の世界で追放魔法剣士が皇女様を弟子にして育てる話、とか、悪役令嬢が可愛いショタな弟を溺愛する話などなど（コミカライズ連載中！）。本作と同じジャンルの現代ラブコメだと、『クールな女神様と一緒に住んだら、甘やかしすぎてポンコツにしてしまった件について』小説1～3巻が発売中&コミカライズ連載中ですのでぜひチェックいただければ！　また他社様でラブコメ漫画の原作を担当する予定があったりするので、こちらも発表されたらお読みいただければ嬉しいです。

さて、この作品『北欧美少女のクラスメイトが、婚約者になったらデレデレの甘々になってしまった件について』は、第2回　一二三書房WEB小説大賞で銀賞を受賞した作品となります。タイトルのとおりフィンランド人の女の子が恋に落ちていく甘々ラブコメです！　いま思うと、フィンランドといえばサウナ！　なので。続きを書く場合はサウナに入る愛乃とか書きたいですね……！

あと、この作品の舞台は名古屋です。なんといっても私の出身地が名古屋なので……。名駅前の某書店様やユニモール地下街の喫茶店様に行けば簡単に聖地巡礼ができますよ！　私も帰省したら立ち寄る予定です。

さて、本作を素敵なイラストで彩っていただいたpon先生、誠にありがとうございます！　制服姿の愛乃がとても可愛くて可愛くて……！　本作の書籍化が決まる前から、ＳＮＳでいつも拝見していてとても魅力的なイラストだなあと思っていたので、ご担当いただけて大変嬉しく思います。また、本作ご担当いただいた編集長の韓様、大変お世話になりました！　いろいろ希望を聞いていただきありがとうございました。ちょっぴりエッチな別作品でもどうぞよろしくお願いしますね……！　デザイン、営業や流通、書店等において本作に関わっていただいた皆様にも厚くお礼申し上げます。

最後に、手に取っていただいた読者の皆様、本当にありがとうございます。願わくは、お気に召しますように。また、本作はコミカライズも予定されているので、そちらもぜひよろしくお願いしますね☆

それでは、またどこかで！

軽井広

BRAVENOVEL
ブレイブ文庫

北欧美少女のクラスメイトが、婚約者になったらデレデレの甘々になってしまった件について 1

2023年10月25日　初版発行

著　者　　　軽井広

発行人　　　山崎　篤

発行・発売　株式会社一二三書房
〒101-0003 東京都千代田区一ツ橋2-4-3
光文恒産ビル
03-3265-1881

印刷所　　　中央精版印刷株式会社

■作品の感想、ファンレターをお待ちしております。

■本書の不良・交換については、メールにてご連絡ください。
株式会社一二三書房　カスタマー担当
メールアドレス：support@hifumi.co.jp

■価格はカバーに表示されています。

■本書は小説投稿サイト「小説家になろう」（https://syosetu.com/）に掲載された作品を加筆修正し書籍化したものです。

ISBN 978-4-8242-0038-9 C0193